官商鬥法

之 15

假鳳虛凰

姜遠方 著

目錄 CONTENTS

第一章

扭轉乾坤

方山原本以為傅華是借助金達的力量壓著常志妥協的，
可是傅華否認了這一點，這讓方山不得不驚訝了。
方山看著傅華，問道：「傅主任，那我能請教一下，你究竟做了什麼，才一下子扭轉了乾坤，讓常志轉變了態度？」

方蘇一直在注意傅華的表情，看他皺著眉頭，知道傅華也很為難，便說道：「我知道這件事情不好辦，看來你也是沒辦法的，算了，你的好意我心領了，這件事情要怎麼樣就怎麼樣吧。」

傅華忿忿不平地說：「什麼啊，我就討厭你這種逆來順受的樣子，什麼不好辦，什麼要怎麼樣就怎麼樣，問題總是能找到解決的方案的。」

方蘇無奈說：「我也不想，可是我們手頭真的一點常志的把柄都沒有，你就是想告他，也沒一點招數。」

傅華說：「誰說一定要告他啊？我是想幫你父親把問題解決了而已。現在你告訴我，你確信你們家的三萬塊錢，中間人一定給了常志嗎？」

方蘇說：「這我可以確定，我媽媽去見常志的時候，中間人在常志面前提到過這件事情，常志當時並沒有否認。」

傅華眼睛亮了，說：「我有辦法了，只是可能只能把你父親救出來，無法懲治常志了。」

方蘇不敢置信地說：「真的嗎？如果真的能救我父親，懲罰不懲罰常志無所謂的。你告訴我你要怎麼做，需不需要我做什麼？」

傅華笑了笑，心說你能做什麼，難道你再次去見常志，然後聽憑他侮辱嗎？傅華說：

「你不用管了，這件事情我來處理就好了。」

方蘇有些懷疑的看著傅華，傅華便知道她還是不相信自己能解決這件事情，可是自己不能把要怎麼做告訴方蘇，因為他的方法有些取巧，真要說了，方蘇也不一定相信。

傅華思索了一下自己要跟常志說的話，確信沒有漏洞了，這才撥通了常志的電話。

常志過了一段時間才接電話，說：「傅主任，找我有什麼事情啊？」

傅華很嚴肅的說：「常縣長，你現在說話方便嗎？」

常志說：「方便啊，有什麼事情你就說吧。」

傅華說：「是關於方蘇的事情，常縣長，她說的可跟你對我說的大不一樣啊。」

「方蘇？」常志頓了一下，旋即說：「你先等一下。」

過了一會兒，常志說話了：「傅主任，你剛才是說方蘇？你們之間還有聯繫啊？」

傅華一副為難的口吻，說：「哎呀，說起來也是我多事，方蘇那天腳受了傷，我把她送到醫院，沒想到就被她纏上了。昨天她要去醫院復診，又找到了我，我沒辦法，只好再陪她去醫院。結果她跟我說了一些跟你有關的事情，把你說的很不堪，我也不知道真假。」

常志有些急了，他說：「傅主任，這個臭女人都跟你胡說八道了什麼？」

傅華說：「說了一些什麼行賄啊、強暴之類的莫名其妙的話。她還跟我說，她手裏握有證據，等她腳傷好了，她就會向有關部門反映你的情況，非要拉你下馬不可。我現在真是後悔，不該一時好心送這個方蘇去醫院，不然的話，我也不會聽到這麼多不該聽到的事情。有心裝不知道吧，你我總算是同僚，方蘇說的如果是真的，鬧大了，可能會傷害你的仕途，甚至嚴重點，會讓你受到刑事處罰；但不告訴你吧，就是害了你。可是告訴你，這件事情如果不是真的，就好像是我不相信你常縣長一樣。想來想去，覺得還是告訴你一聲，就算是沒有這些事，你心裏也好有個準備，我看那個架勢，這個方蘇已經有跟你拼個魚死網破的意思了。」

常志氣憤的罵道：「這個臭女人，怎麼這麼多事啊？她能有什麼證據啊？」

傅華說：「這我就不太清楚了，好像說是她母親錄了音之類的，我也沒聽過。好啦，常縣長，我知道的事情都告訴你了，要如何應對你自己想辦法吧，我掛了。」

常志急道：「誒，傅主任，你先別掛啊？好多事情你都還沒說明白啊。」

傅華說：「具體的情形我也不是很清楚，我給你掛電話，只是想給你一個提醒，讓你早一點有防備，別的事情我也不想參與，你們自己去處理吧。」

常志說：「不是，傅主任，我要先感謝你幫我操這麼多心，不過，你好人也要做到底啊，不能就說這麼幾句話就把我撂在這裏啊。」

傅華裝糊塗說：「我知道的就是這麼多了，再多的情況我也不清楚。」

常志說：「好好，就算你就知道這麼多，起碼方蘇的原話、態度之類究竟是怎麼個樣子，你總能告訴我吧？」

傅華故作不耐煩的說：「好啦，好啦，你想知道什麼趕緊問，我把我當時看到的都告訴你。」

常志問：「方蘇說她母親有錄音，是怎麼回事？」

傅華說：「她說她的母親找到了一個中間人，中間人說常縣長能幫忙解決她父親的問題，但需要送些費用，她母親答應了。在送錢給中間人時，她母親多了個心眼，為了怕中間人收了錢不辦事，就在跟中間人和你處理事情的過程中都帶了錄音機。」

常志驚叫了一聲：「什麼，這個臭娘們把所有的過程都錄了下來？」

傅華也假裝驚訝的說：「怎麼，常縣長，這個方蘇所說的都是真的？你也太糊塗了吧？這種事情也能幹嗎？」

常志聲音低了下來，說：「傅主任，我那也是一時糊塗，當初這家人托人找到了我，我聽說方山紡織廠的情況後，也覺得方山的情況很可憐，有心幫他們家解決問題，就跟方山他老婆見了一面。」

傅華說：「這麼說，方蘇說他們家送給你三萬塊也是真的嗎？」

常志說：「我倒沒拿這個錢，不過中間人拿沒拿我就不清楚了。」

傅華暗自冷笑，你既然知道中間人收了錢，又怎麼肯讓中間人自己得好處呢，你肯定是收了錢了。不過傅華也不想戳破常志的謊言，就故意埋怨常志說：「常縣長啊，你怎麼不管好身邊的人啊？」

常志趕緊說：「這是我的責任，我疏忽了這一塊。」

傅華又問：「那麼方蘇說你後來在房間裏要強暴她，是怎麼回事啊？」

常志說：「這要怪我那晚喝多了酒，當時方蘇的衣著又很暴露，我就有些失控，其實也不能算是強暴，頂多是摸摸她的手之類的，沒想到就被她給誣賴上了。」

傅華說：「常縣長啊，你真是太糊塗了，那晚酒店很多人都看到你對方蘇拉拉扯扯的，當時人家還不知道你們的關係，如果知道她不過是你們雲山縣檢察院抓的一個嫌犯的女兒，跟你根本不熟，那你那晚的行徑就很難解釋了。哎，你我都是政府官員，這樣的事情躲都來不及，你怎麼還主動往上沾呢？」

常志懊惱說：「唉！還不是那晚喝多了酒嘛？我這個人酒後就沒了理智。」

傅華說：「這個理由在法律上可是站不住腳的。哎呀，我聽這麼多頭都大了，反正是你自己的事情，我也跟你說了方蘇都跟我說了些什麼，就這樣吧，我掛了。」

常志急忙道：「傅主任，你這麼急著掛電話幹什麼啊？事情還沒解決呢。」

傅華說：「這件事情我也幫不上什麼忙的，得你自己想辦法啊。」

「你能幫得上忙的，只是不知道傅主任肯不肯幫我就是了。」常志說。

傅華說：「我能幫當然會幫，不過，犯法的事情我可不會幹的。」

「不會的，我怎麼會讓傅主任做違法的事情呢。」

傅華說：「那你要我幫你做什麼？」

常志說：「方蘇既然肯跟你說這麼多，說明她對你很信任，你能不能幫我傳個話給方蘇，就說那晚是我一時糊塗，做了不該做的事情，我跟她說對不起。至於她父親的事，多少有些誤會，是中間人打著我的旗號騙了她母親，我會責令中間人把錢退回去的，而且我也覺得她父親是冤枉的，我會讓縣政府儘快界定紡織廠的產權，還她父親一個公道的。希望她能看在你的份上，不要再跟我計較了。」

傅華為難說：「這個嘛，常縣長，你說方蘇會聽我的嗎？」

常志說：「她家裏忙活半天，不就是為了她父親的事情嗎？如果她真的跟我較真，我倒楣了，也就是換個縣長而已，她父親的事情還是沒法解決，還不如讓我幫她家解決了這個問題，大家兩不相欠，豈不是更好？你幫我把這個利害關係解釋給她聽，她如果夠聰明的話，應該能接受這個方案的。」

傅華說：「常縣長，這些話我是可以傳給方蘇，不過你能做得到嗎？如果我把話帶到了，你卻做不到，豈不是讓方蘇連我也恨上了，到時候她連我一起告，我這豈不是自己找麻煩嗎？」

常志立刻說：「哎呀，傅主任，你怎麼連我都不相信呢，你放心吧，我說到做到，絕對不會連累你的。」

傅華只好說：「那好吧，我就幫你傳這個話，不過僅此一次，她如果不同意，我也就不管了。」

常志說：「謝謝，我相信她肯定會同意的。傅主任，你也幫我做做工作，回頭我會有一份謝禮的。」

傅華說：「感謝就不必了，我也希望你能順利地解決這件事，別鬧得滿城風雨，金達市長那個人你也不是不知道，他是一個很講原則的人，他要是知道了這件事，就算不處分你，對你未來的發展也是很不利的。」

傅華在這個時候點出金達，是想給常志一個警告，他跟金達的關係在海川政壇是無人不知的，常志如果不能妥善處置好這件事，他就有可能把情況反映給金達，就算沒有證據證實常志的不法行為，也會給金達種下一個惡劣的印象。

常志說：「這我知道，拜託傅主任了。」

傅華掛了電話，鬆了口氣，事情完全按照他的預想發展。在他打電話給常志前，就已經決定要私下解決這件事情了，這件事只有在臺面下解決，才既不用費什麼力氣，又能對方蘇最有利。

傅華就把常志的話轉達給方蘇，問方蘇的意見。

方蘇聽說常志願意把她父親放出來，大喜過望，說：「好啊，好啊，我同意我同意。」

傅華笑說：「你先別這麼激動，只是你父親的事情解決了，常志對你心懷不軌的事情就不能再追究了。」

方蘇說：「沒關係，我不跟他計較就是了。誒。傅先生，你究竟跟常志說了些什麼，讓他這麼快就轉變態度？」

傅華笑笑說：「這你就別管了，我跟你說過，我有自己的辦法。」

方蘇不禁佩服說：「你真厲害，我們家這麼長時間沒解決的問題，你一下子就解決了，真是太感謝你了。」

傅華謙虛說：「因緣際會而已，感謝就不必了，你就趕緊養好傷，好接你父親出來。」

方蘇高興地答應：「好的。」

傅華並沒有馬上就把方蘇的答覆告訴常志，他擔心太快回覆，會讓常志對他在其中扮演的角色產生懷疑，因此在一天之後，才打電話給常志。

這一次常志很快就接通了，馬上就問道：「傅主任，怎麼樣，方蘇答應了嗎？」

傅華從常志急促的語氣中，感受到這過去的一天對常志的煎熬，便笑了笑說：「常縣長，她答應了。唉，費了我不少口舌呢，女人有些時候就是不夠理智，她不能從什麼是對她最有利的角度來分析問題，我好不容易才跟方蘇解釋通了，她最後終於同意接受你的方案。不過，也還是在我打了包票的前提下才答應的。常縣長，你可不要讓我栽了跟頭啊。」

常志鬆了一口氣，說：「那就好，那就好。放心吧，我會處理好這件事情的。」

於是在常志的關注下，雲山縣的國資部門對方山的紡織廠重新做了產權界定，經過核實和評估，確定紡織廠是方山當初投資組建的，雖然一度掛靠在紡織工業局，但紡織廠也向紡織工業局支付了相關的管理費，算是實現了權利義務的對等。在兼顧效益和公平的原則下，最終確認產權歸屬於方山所有。方山隨即也獲得了自由。

常志在方山獲釋的第一時間就打電話給傅華，把消息通知他，然後讓傅華跟方蘇去取回當初她母親錄下來的錄音。

傅華心中暗自好笑，事實上根本就沒什麼錄音，你要個鬼啊。但傅華並沒有說破，答應了常志去跟方蘇交涉，討回錄音帶。

剛掛上常志的電話，方蘇的電話就打了進來。

方蘇興奮地說：「傅先生，真是太感謝你了，我家裏打電話來，說我父親被放出來了，紡織廠也發還給他了。」

傅華笑說：「我已經知道了，常志剛才打電話來告訴我了。我也替你們高興。」

方蘇說：「我家裏的人還說，都是常縣長關照才會這個樣子的，常志讓中間人把那三萬塊送了回來，讓我媽都感覺有點匪夷所思，好像常志變了一個人似的。傅先生，你是不是對常志使了什麼魔法，他怎麼突然變得這麼好啦？」

傅華心說：你不知道是我在背後威脅了常志，他怕你告他才會這麼乖的，人家還等著你還給他錄下行賄過程的錄音帶呢。

傅華笑了笑，說：「其實常縣長這個人也不是一個很壞的人，那晚他是喝多了才會對你行為不軌的，他深深為自己那晚的孟浪行為而感到羞愧，為了彌補，就幫你父親解決了問題啦。」

方蘇半信半疑地說：「真的嗎？我怎麼不這麼覺得？」

傅華笑笑說：「你也不要把人都想得那麼壞，大多數人心中還是善良的。」

方蘇說：「那是我誤會他了。」

又過了一天，常志等不及傅華的回話，又打電話來，追問道：「傅主任，方蘇怎麼說？她肯不肯把錄音帶還給我啊？」

傅華笑笑說：「常縣長，方蘇跟我說了，他們全家都很感謝你對他們的幫助，他們會把這一切銘記在心的。至於錄音帶嘛，他們說已經徹底銷毀了，今後絕對不會出現什麼錄音帶了。」

常志愣了一下，說：「什麼，他們自己銷毀了？可能嗎？」

傅華說：「他們是這麼說的。他們跟我保證了，肯定不會再出現什麼錄音帶了。其實呢，我覺得這份錄音帶你拿不拿回去，意義也不大，現在科技這麼發達，就算你拿回去了，誰能保證他們沒有拷貝下來呢？」

常志遲疑了一下，說：「是這樣啊。」

傅華說：「你不用擔心，我聽說你讓中間人把錢退回去了，他們就是保留著錄音帶，實際上也無法威脅到你什麼不是？你放心吧，如果之後方家再找你麻煩，就由我來對付他們。」

常志想了想，也確實如此，便說：「行，我相信傅主任不會害我就是了。」就掛了電話。

傅華心說：你以為這世界上的人都跟你一樣，成天捉摸著如何去害人啊？方家人躲你都來不及，又怎麼會去害你呢。就讓你為了一份不存在的錄音帶去擔心吧，這樣的話，你今後也會小心些，不敢再去招惹方家了。

過兩天，傅華接到了方蘇的電話，方蘇說她父母來北京了，想見一下傅華，向他當面表示感謝。

傅華趕忙推辭說：「算了，什麼謝不謝的，我不太喜歡這種場面，就不過去了。」

方蘇急說：「那怎麼行啊？你這一次是救了我們全家啊。」

傅華笑說：「別這麼說，這不是我一個人的功勞，常縣長也幫了你們很多忙。就這樣吧，不要搞什麼謝不謝的東西了。」

方蘇堅持說：「不行的，我爸媽說非要當面跟你表示感謝不可，如果你不過來，他們就要過去海川大廈。」

如果方山夫妻到海川大廈來，自己幫忙方山的事就等於曝了光，常志一定會從中嗅到什麼，那樣他可能會對自己在這件事中扮演的角色產生懷疑，這可不是傅華想要看到的局面。

傅華只好說：「好啦，我過去就是了。」

傅華就去了方蘇住的地方。一個四十多歲的男人給他開了門，男人的氣度還可以，只是神色之間略有些鬱鬱，想來這就是方蘇的父親方山了。

傅華打招呼說：「你好啊，方叔叔。」

方山笑著說：「傅先生是吧？快請進。」

進屋之後，就見到一位四十出頭的婦人正陪著方蘇坐在那裏，婦人神韻之間與方蘇有幾分相似，便知道這就是方蘇的媽媽了。

傅華點了點頭，說：「阿姨你好。」

婦人笑著迎了過來，說：「傅先生，你好，這一次真是太感謝你了。」

方山也說：「是啊，傅先生，這次你真是救了我們全家啊，尤其是小女，沒有你，可能她就遭到常志的毒手了。」

傅華有些尷尬的看了看方蘇。方蘇笑著說：「是啊，我們一家人都對你感激不盡啊。」

傅華忙說：「方叔叔、阿姨，你們不要這樣子說，我也只是碰上了而已，再說，這事情也與我有關，當時我若是不絆倒方蘇，可能她也不會受傷的。」

方蘇說：「傅先生，是我在背後撞到了你，怎麼能怪你呢？」

傅華衝著三人擺了擺手，說：「好啦，你們不要這樣子好不好，事情已經過去了，你們這樣子傅先生傅先生的，讓我真的有些尷尬。」

方山笑了，說：「傅先生，你這種施恩不圖報的精神實在讓人感動。」

傅華感覺十分彆扭，有生以來他還是第一次碰到這種場面，說：「好啦，方蘇啊，你看我也來了，你跟叔叔阿姨感謝的話也都說了，我都接受。這樣子行了吧，我是不是可以離開了？」

方山笑說：「好了傅先生，你先別急著走，感謝的話我們都不說了還不行嗎？其實大恩不言謝，你為我們方家做的事情，也不是一兩句感謝的話就能回報得了的。你先請坐，我還有些事情想要請教。」

傅華只好留下來，跟方山夫婦坐到了一起。

坐定後，傅華問道：「方叔叔，你的紡織廠拿回來了嗎？」

方山點點頭，說：「縣裏發還給我了。」

「受了什麼損失沒有？」傅華說。

方山說：「損失很大，我一被關進去，紡織廠就停工了，這幾個月下來，客戶流失不少。幸好我對這種情況已經有所準備，我想恢復幾個月就能回到原來的狀態。誒，傅先生，我聽小女說你是海川駐京辦的？你該不會就是海川駐京辦的主任傅華？」

方山不愧是經營企業的，對社會狀況比較熟悉，一來就點出了傅華的身分。傅華笑說：「是，我就是傅華。」

方山笑笑說：「這就難怪了，我可是久聞傅主任的大名了，難怪你一出馬，常志就老老實實的把我放了出來。」

傅華擺了擺手說：「那都是別人瞎傳的。」

方山說：「瞎不瞎傳，每個人心裏都有數。你這次為了救我，是不是動用了金市長的力量？」

傅華看了方山一眼，這傢伙果然是商人，耳聰目明，難怪能把紡織廠經營的那麼好，看來他早已詳細打聽過自己了，深知自己跟金達關係很好。

傅華回說：「沒有，如果動用到金市長，可能常志已經進監牢了，只是那樣，方叔叔的問題可能還是很難得到解決，所以我沒有跟金市長彙報這件事情。」

方山一聽十分訝異，他原本以為傅華是借助金達的力量壓著常志妥協的，可是傅華否認了這一點，這就讓方山不得不驚訝了。

方山看著傅華，問道：「傅主任，那我能請教一下，你究竟做了什麼工作，才一下子扭轉了乾坤，讓常志轉變了態度？」

傅華已經給方蘇一套常志良心發現的說法，再做別的解釋，就等於在方蘇面前承認自己說謊了，而且，如果照他給方蘇的說法解釋給方山聽，方山經商多年，肯定不像方蘇一樣好糊弄的，便說：「方叔叔，這件事情你能不能別問啦？」

方山笑了笑說：「傅主任，你不要說什麼常志良心發現、主動幫忙的話，別說我不相信，就連小女那樣幼稚的人也是無法相信的。」

方蘇在一旁說：「是呀，傅先生，你那次告訴我之後，我認真想了想，打死我也不相信常志會在你的說服下良心發現的，你還是告訴我們你究竟做了些什麼吧，別讓我們蒙在鼓裏。」

傅華不好意思地說：「我不過是耍了點小伎倆，讓常志不得不良心發現而已，上不了臺面的，你們還是不知道的好。」

方山說：「不是，傅主任，你這樣讓我們蒙在鼓裏，可能是想保護我們，可是我們如果不知情，很多方面就不知道該如何應對，這可能對你並不利。就像這幾天，中間人一直打電話給我們，想要從我們這裏拿回什麼錄音帶的，我們家裏的人都不知道有什麼錄音帶，也就無法應付，只好含糊以對。」

傅華愣了一下，他沒想到常志並不死心，還想從方山那裏拿回錄音帶，這錄音帶根本就不存在，方山又怎麼會知道情況呢？

傅華笑說：「沒想到常志還在糾纏你們，這傢伙真是不開竅啊。」

方蘇看著傅華，說：「究竟是怎麼回事啊，傅先生，你這個悶葫蘆可要悶死我們啊。」

也該解開謎底了，否則的話，方家的人不知情，胡亂說沒有這錄音帶就穿幫啦，便說：「好啦，我告訴你們吧，這就是我跟常志玩的小技巧了，我告訴他，你們把跟他見面的經過都錄了下來，如果他不能幫你們解決問題，你們就要揭發他受賄。現在你們明白常志為什麼突然會良心發現了吧？」

方蘇說：「可是我們手裏沒有錄音帶啊？」

傅華笑了，說：「是啊，我們是沒有錄音帶，可是常志並不知道我們沒有啊？」

方山恍然大悟說：「實者虛之，虛者實之，虛實相生，高啊，看來傅主任對孫子兵法有很好的研究啊。」

方蘇困惑的看著方山，說：「爸，我還是不明白傅先生說的是什麼意思。」

方山笑說：「傅主任是利用了常志的恐懼心理。是，我們是沒有錄音帶，可是方山並不知道我們沒有，他一聽傅主任說有這個錄音帶，本能的就寧可信其有；因為如果真的有，他不按照傅主任的要求去做，他將付出難以承受的代價，他是不敢冒這個險的。」

方蘇說：「哦，是這樣啊，傅先生，你真是好聰明啊。誒，不對，現在常志向我們要錄音帶，我們手上又沒有錄音帶，拿什麼給他啊？如果給不了他，他再來報復我們怎麼辦呢？」

方蘇這麼一說，方山夫妻的目光都轉到了傅華身上，他們也在擔心這個問題，現在中間人盯著他們要這錄音帶呢，他們拿不出來，也不好交代，可是要拿又沒有。

傅華說：「我告訴常志，說錄音帶已經銷毀了，他們如果再追著要，你們就告訴他，錄音帶已經沒有了，信不信由他。我相信他知趣的話，就不會再來要了。」

方山呵呵笑了起來，他再一次佩服起傅華的智慧。

方蘇也笑了，說：「傅先生，看不出來這裏面真正壞的人是你啊，你這樣子豈不是要讓常志擔心一輩子？」

傅華說：「有些時候要對付這些壞蛋，也不得不用一些壞招，就讓他擔心去吧。其實這算是便宜常志了，我如果真有錄音帶，現在肯定送給紀委了，讓常志去接受他應該接受的懲罰。」

方山說：「對，對付這樣的壞人是要用些壞招的，傅先生，我真的非常感謝你，為我們費了這麼多心思。」

傅華笑笑說：「好啦，方叔叔，不是說不再說感謝的話了嗎？這件事情希望就到此為止，你們可不要對任何人說。我擔心常志如果知道真相，會對你採取報復措施的。」

方山點點頭說：「我明白，我們不會對任何人說的。」

傅華說：「那行了，我出來的時間也不短了，要回去工作了。」

方山挽留說：「別急著走，中午我請你吃飯吧？」

傅華說：「方叔叔，你也應該看出來我不太適應這種場面的，再一起吃飯是不是就沒什麼意思了？我真的要回去工作了。」

方山只好說：「好啦，我就不留你了。以後你有什麼需要，只管言語一聲，只要我能做到的，絕不推辭。」

傅華就離開了。

過幾天後，方山打電話過來，說他妻子留下來照顧方蘇，自己急著回去經營紡織廠，要先回雲山縣去了，打電話來跟傅華道個別，問傅華有什麼事情沒有。

傅華說了一路平安，就掛了電話。他現在沒心思跟方山閒聊，海川重機的重組還是沒有進一步的消息，這讓他有些憂心忡忡，他擔心這個重組案會因為得不到證監會的批准而胎死腹中。

更讓人擔心的，其實是與頂峰證券的潘濤和師兄賈昊有關，有消息說，這一次國家的金融領導機構想要整頓證券市場的秩序，因此對暴露出來的問題要一查到底，從嚴懲治。

這幾天傅華去過頂峰證券一次，那裏的工作人員都是一臉的嚴肅，絲毫沒有以前那種輕鬆愉快的表情，這種風聲鶴唳的氣氛給傅華造成了一種大禍要臨頭的感覺，心情也跟著沉重起來。

潘濤還是不在公司，談紅接待了傅華，她的神色也很凝重，不像以前見了傅華，總是喜歡開開玩笑、閒扯幾句，一見面就問傅華來有什麼事情，如果是問海川重機重組的事情，還是免開尊口，因為重組方案還停在證監會，沒有絲毫進展。

傅華有心想打聽一下潘濤現在是什麼情形，可看談紅的樣子，估計就算問了也會碰一頭釘子，想想還是算了。便說：「既然沒什麼進展，我就回去了。」

談紅點點頭，說：「你回去吧，有什麼進展我會打電話給你的。這幾天你也不要到公司來，公司現在的情形你應該也聽說了，還是少來比較妙。」

傅華明白談紅這是為了他好，頂峰證券現在是有關部門的重點關注對象，自己如果常來，肯定也會被關注的。

傅華點點頭說：「我明白，非常時期，你自己也要多小心。」

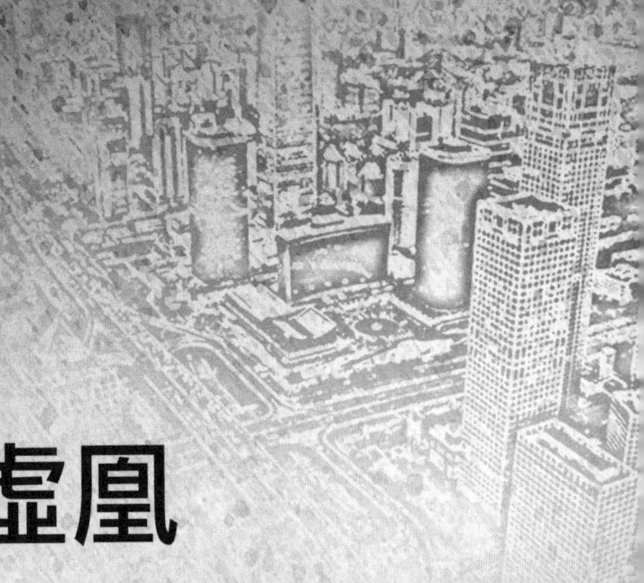

第二章

假鳳虛凰

這個女王證實了傅華和方蘇只不過是一對假鳳虛凰而已，
甚至這戲碼還是演給她看的，她的自尊心得到了很大滿足，
她以為傅華這麼做是想要挽回兩人之間的感情，
便又回到了高高在上的位置，居高臨下的發號施令了。

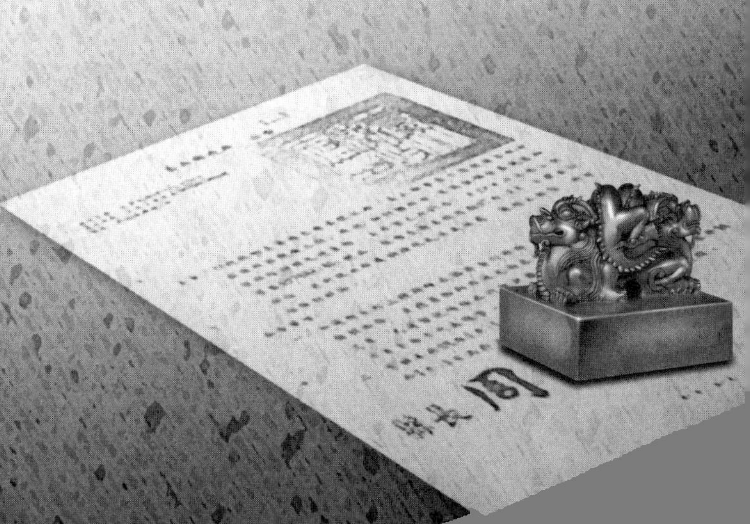

傅華看到從門後閃了出來的方蘇，連忙迎了過去，說：「你怎麼來了？腳好了嗎？」

方蘇走進來，石膏已經拆了，說：「基本上好得差不多了。」

傅華看方蘇走起路來還是有些瘸，連忙攙住了她的胳膊，把她帶到沙發那裏坐下來，說：「你還沒完全好，就不要出來走動嘛。」

方蘇說：「沒事的，裂紋基本上已經癒合，醫生也勸我多活動活動。」

傅華說：「誒，你來駐京辦找我，有什麼事情嗎？」

方蘇笑笑說：「也沒什麼，就是過來看看。這就是你辦公的地方啊，真是漂亮。還有，把你替我墊付的醫療費還給你。」

傅華接過方蘇遞過來的醫療費，也沒數就收了起來，說：「這個辦公室也沒什麼，這是酒店統一裝修的。」

方蘇說：「你這個裝修規格算是挺高的，我們公司老總的辦公室也沒你這兒豪華啊。」

傅華說：「你的公司可能規格比較小吧。」

「誒，傅主任，說起公司來，我有一件事情想要問你，我父親覺得我一個人在北京這裏過得挺辛苦的，現在紡織廠已經拿回來了，他希望我辭掉在北京的工作回去幫他，你覺得我是不是應該聽他的話回雲山呢？」方蘇說。

傅華愣了一下，他覺得這是方蘇的私事，他似乎不應該替她做這個決定，便笑笑說：「這我就不知道了，要看你自己的感覺吧。你覺得北京適合你發展，你就留下來。」

方蘇看著傅華的表情，見傅華並不太在意這個問題，也就是自己留不留在北京，這個男人是不太關心的，心裏未免有些失望，這個男人幫了自己這麼多，原來並不是因為他喜歡自己啊。

方蘇說：「那傅主任，你當初為什麼選擇來北京呢？單純是組織上的決定嗎？」

傅華搖了搖頭，說：「我的情況比較特殊，那時候我母親剛剛去世，我在海川一個親人都沒有了，在海川感覺就很壓抑，就向當時的海川市市長曲煒提出了辭職。那時候的想法很簡單，就是想離開海川來北京發展，後來曲市長沒批准我辭職，讓我出任海川駐京辦事處的主任。來北京之後，慢慢適應了這裡的生活，就一直留在這個位置上了。」

方蘇說：「那你當初為什麼一定要離開海川呢？就是為了你母親的去世嗎？」

傅華想了想說：「也不完全是，其實也是因為海川這個城市太寧靜了，寧靜到讓人壓抑，無法激起我的熱血，當初如果不是因為我母親需要照顧，我是不會回去海川的。」

方蘇說：「是呀，我也覺得海川太過於寧靜了，實在不是一個年輕人發展的好地方，所以我決定了，還是留在北京好了。」

傅華看了眼方蘇，他懷疑這個女孩子其實早就決定留在北京了，他跟自己聊這些，只是希望由自己幫她做這個決定而已。

傅華便說：「你要根據自己的情況決定啊，其實你一個人在北京挺辛苦的，我看你住的狀況，那裏好像很破舊，平常治安好嗎？」

方蘇說：「那是我臨時租的地方，也是因為當時家裏出了爸爸那件事，沒錢了，只能先湊合著。現在我爸的問題解決了，我也可以租好一點的地方了。」

傅華又說：「你一個人生活也不方便吧？你看這次受傷，也沒人照顧你，多悽慘啊。」

方蘇笑笑說：「這個問題好解決，我可以多認識些好朋友，朋友會照顧我啊。像傅主任不就已經是我的朋友了嗎？」

傅華心說你是打定主意要留在北京啦，自然都從有利於你留在北京著想，不過方蘇留不留在北京似乎也與自己無關，便笑了笑說：「那倒也是。」

方蘇看著傅華，說：「這麼說，你同意我留在北京了？」

傅華說：「這是你自己的事情，不需要我同意吧？」

方蘇笑說：「當然需要你同意了，你同意了，我才好麻煩你一些事情啊。」

傅華說：「什麼事情啊？」

方蘇說：「我現在待的那家公司，是一家小公司，沒什麼發展，我當時只是個剛畢業的大學生，沒有太多的選擇，就想騎驢找馬，先在那家公司過渡一下。」

「你想跳槽？」傅華問道。

方蘇說：「對啊，我這次受傷了才發現，公司太小，真是很多地方都不方便，就想換一家大公司。」

傅華看了看方蘇，說：「你想換就自己去找啊，這與我有什麼關係啊？」

方蘇低下了頭，說：「傅主任，你也知道，我一個剛畢業的學生，沒什麼經驗，大公司怎麼肯輕易用我呢？你不幫忙，我上哪裡去找啊？」

真是的，原來她是想讓自己幫忙她找工作啊！傅華瞅了方蘇一眼，有心想要推掉，便說：「可是，我也沒辦法幫你介紹什麼大公司啊。」

方蘇說：「傅主任，我父親說你在北京門路很廣，只要你願意，肯定能幫我介紹幾家大公司的。看在老鄉的份上，你就幫我這個忙吧。」

傅華心說：還真被你黏上了，可是看方蘇一副楚楚可憐的樣子，又硬不下心腸來拒絕她。算了，好人做到底，送佛送到西，就幫她這個忙吧。

傅華說：「好吧，我幫你聯絡一下看看。」

傅華就撥通了蘇南的電話，他想了想，也只有介紹她到蘇南的振東集團去了，趙凱的通匯集團不是不可以，可是介紹一個女人去前岳父那裏，傅華總是感覺有些彆扭。

蘇南接了電話，說：「傅華，找我有什麼事情啊？」

傅華笑笑說：「南哥，有件事情想要麻煩你，你那裏缺不缺人啊？」

蘇南聽了說：「傅華啊，你不會是又要離開駐京辦吧？」

傅華笑說：「不是，是我一個同鄉，大學剛畢業，想找一家大公司學習一下，不知道南哥肯不肯給她一個機會？」

蘇南遲疑了一下，問說：「傅華，你說的這個人是你親戚嗎？」

傅華說：「不是的，只是一個同鄉，你給她一個機會面試一下，合適你就用，不合適就算了。」

不是親戚還要介紹給自己，蘇南感覺這個人可能有點特殊。因為如果是想通過人情進公司，傅華滿可以介紹到趙凱的通匯集團去的，除非……除非這個人是個女人，而且跟傅華關係匪淺，所以傅華不能介紹到趙凱那裏去。

蘇南笑說：「傅華啊，你要介紹的是一個小姐吧？」

傅華不禁訝異地說：「南哥，你真是神了，你怎麼知道是小姐啊？」

蘇南本來只是猜測，現在被證實了，也有些驚訝，他沒想到傅華這麼快就從離婚的陰霾中走了出來，很是為傅華高興，便說：「好哇，你讓她明天過來振東集團，我安排給她面試。」

傅華說：「那謝謝南哥了，只是她這幾天受了點腳傷，走起路可能還有點一瘸一拐，很快就會恢復的，南哥可不要因此不接受她啊。」

蘇南聽了，說：「腳傷沒好就在家養傷嘛，等好了再來面試也不遲，不急的。」

傅華說：「是她非要急著出來上班。南哥，你放心，她的腳傷不妨礙工作的。」

蘇南取笑說：「傅華啊，你是不是太驕縱身邊的女人啦？她們說什麼就是什麼啊？一個女朋友你都管不住，你是不是個男人啊？」

傅華解釋說：「南哥，你誤會了，她真的只是一個老鄉，不是我的女朋友，她的事情還輪不到我管。」

蘇南說：「好吧，你讓她明天過來吧，我倒要看看你的老鄉究竟是什麼樣子。」

蘇南掛了電話。

方蘇瞅了一眼傅華，埋怨道：「傅主任，你也真是的，他說我是你女朋友，你認了就是，何必要否認呢？」

傅華笑說：「問題是你不是啊。」

方蘇說：「你這個人啊，對付常志的時候，你腦子不是挺靈光的嗎？怎麼現在就不知變通了呢？他如果把我當成你的女朋友，是不是我通過面試的機會也會多一點？」

傅華說：「你是機會多了一點，可是我跟這個老總可是老朋友了，日後見面的機會多著呢，他要是知道你並不是我的女朋友，你和我都不好交代的。」

方蘇心說，這有什麼不好交代的，不是變成是不就行了嗎?!

傅華接著說道：「好啦，你明天上午去振東集團找董事長蘇南，他會安排你面試的。」

方蘇叫說：「振東集團？大公司啊，傅主任，你果然人面夠廣。」

傅華提醒她說：「既然你知道是大公司，就曉得他們的管理制度是很嚴格的，不會完全看著我的面子上就錄用你的，你回去好好準備一下吧，好好把握住這次機會。」

方蘇笑笑說：「好啦，你放心吧，我這幾年大學也不是白念的，不會丟你的臉的。」

傅華就開車送方蘇回去了。

過兩天，傅華打電話給蘇南，他想問一下方蘇面試的結果。

蘇南說：「傅華，你的眼光不錯，這個方蘇長得還真是不賴，你們海川果然是一個出美女的地方。」

傅華聽了，笑說：「南哥，你這話說的就不對了，她去面試，你要看的是她的能力，而不是她長得漂不漂亮啊。」

蘇南笑說：「漂亮是事實嘛，能力也不錯，人事部的人說她很適合我們公司招聘的需要。」

傅華不放心地說：「你們不是看在我的面子上才這麼說吧？」

蘇南說：「這不會的，我公私可是分得很清楚，她確實適合這個工作，我們才用她的。」

果然，過幾天之後，傅華接到方蘇的電話，方蘇興奮地告訴他，她已經正式在振東集團上班了。

傅華笑笑說：「那恭喜你了。」

「傅華，你晚上有沒有時間啊？」方蘇問道。

傅華並沒留意方蘇對他沒再稱呼什麼傅先生、傅主任的，而是直接叫他的名字，笑了笑說：「時間是有，你想幹什麼？」

方蘇說：「我們一起吃飯吧，一來謝謝你幫我介紹了這麼棒的公司，二來也慶祝我第一天在振東集團上班。」

傅華想想，回去也是一個人吃飯，就說：「好吧。」

「那你晚上來振東集團接我吧。」

晚上，傅華便去接了方蘇。方蘇的腳經過這幾天的恢復，好了很多，走路時已看不出受過傷的樣子了。

方蘇上了車，傅華問說：「去哪裡吃啊？」

方蘇笑笑說：「我一個小職員，北京什麼地方好吃的也不知道，只是在學校的時候去過『烤肉季』吃過烤肉，只是那家飯店有些年頭了，請你去吃那家可以嗎？」

「烤肉季」是後海一家烤肉店，據說建於民國，算是一家有年頭的老字號餐廳，老舍、溥心畬等一些名人都曾是那裏的常客。傅華去吃過，口味很不錯，價錢也算便宜，很符合方蘇這種剛畢業不久的人請客。

傅華便說：「我無所謂。」兩人便去了「烤肉季」。

兩人隨便點了些吃的，又叫了啤酒，方蘇給傅華倒滿了，笑著說：「來，這一杯我敬你，感謝你幫我找到了這樣一個好工作。」

傅華跟方蘇碰了一下杯，說：「在那裏好好幹吧，南哥是個很不錯的人。」

方蘇點點頭說：「蘇董確實是個很紳士的人，你這個朋友真是不錯。」

兩人吃吃聊聊，時間很快的過去，傅華看看時間已經九點多了，就想結束送方蘇回去。這時，他的手機響了起來，一看竟然是曉菲的號碼，不覺愣了一下。

自從曉菲跟他分手之後，兩人再也沒有聯繫過，曉菲突然打電話來是要幹什麼啊？

傅華接通了，「曉菲，最近好嗎？」

曉菲笑了笑說：「我還是那個樣子，你最近很不錯吧？」

傅華說：「馬馬虎虎吧。」

曉菲說：「是嗎？你現在在幹什麼？」

傅華說：「跟一個朋友在喝酒，怎麼了？」

曉菲笑笑說：「是跟女朋友在喝酒吧？」

傅華愣了一下，說：「你怎麼知道？你在附近嗎？」

曉菲揶揄說：「你不用緊張，我不在附近。」

傅華笑說：「我緊什麼張啊？她只是我的老鄉而已。」

曉菲語氣有些怪異地說：「傅華，你現在春風得意啊，女朋友就是女朋友嘛，需要遮遮掩掩的嗎？你放心，我們之間的那段感情，我已經放下了，我不會介意你交新的女朋友的。」

曉菲雖說不介意，可是語氣中卻飽含著醋意，似乎對傅華這麼快就有了女朋友很是介懷。

傅華無奈地說：「曉菲，誰跟你說她是我女朋友了？我都跟你說了只是老鄉，你這不是莫名其妙嗎？」

曉菲說：「傅華，我們認識這麼久了，還是第一次知道你是個口是心非的人。你問誰跟我說的是嗎？南哥剛才在我這裏吃飯跟我說的，他說你介紹女朋友去他那裏上班，還說是挺不錯的一個女孩子，看到你這麼快就從離婚的陰影中走出來，他很替你高興。其實南哥不知道，這個陰影中大概還有我的一份吧。說實在的，傅華，我也很高興你這麼快就走了出來。」

傅華越發困惑，說：「你在說什麼啊，什麼陰影不陰影的，南哥也是的，我就介紹一個朋友過去他那裏上班，還特別跟他講過不是我的女朋友，他怎麼還說是我的女朋友，有沒有弄錯啊？」

曉菲不滿地說：「傅華，沒想到你的嘴還真是硬啊，南哥會弄錯嗎？是你女朋友自己向南哥承認你們的關係的，所以你還是老老實實承認吧。」

原來是方蘇在蘇南面前說她是自己的女朋友啊，傅華不禁抬頭看了方蘇一眼。

方蘇這時在一旁把手機裏的內容聽了個七七八八，見自己的把戲被拆穿，臉早已羞紅，低聲說：「對不起，我當時也是為了能順利通過振東集團的面試嘛。」

曉菲還在說著：「傅華，你怎麼不說話啊，我跟你說過了，我並不介意。你什麼時候可以把女朋友帶來給我看看啊？」

傅華心說：你嘴裏說不介意，卻是一副酸溜溜的口氣，當初是你說不要我的，現在聽說我交了女朋友，又來說這些，真是琢磨不透你們女人。

傅華越想心中越有氣，同時他也知道，這時候再跟曉菲解釋什麼，她都不會相信的，便說道：「曉菲，我現在是單身漢一個，就算她是我的女朋友也沒什麼，你有必要專門打電話來跟我說這件事情嗎？」

曉菲笑了笑，說：「傅華，我想你誤會我的意思了，我是替你高興，想親口確認一下而已；再說，我是真的很好奇你找了一個什麼樣的女人，沒別的意思的。」

傅華質疑說：「真的沒別的意思嗎？」

曉菲說：「當然沒別的意思了，就是想見見她而已。當然，你如果覺得不方便或者帶不出來，那就算了。」

傅華被曉菲夾槍帶棒酸溜溜的話激怒了，氣說：「曉菲，你想見她是吧？好哇，你什麼時候有時間，我帶她給你看看。」

曉菲也不示弱，說：「隨時都歡迎啊，你知道我在哪裡的。」

傅華說：「那好，我明晚就帶她去四合院。」

曉菲說：「我等著你們啊。」就掛了電話。

方蘇見傅華一臉慍色，低聲問道：「你生氣了？」

傅華沒好氣的看了方蘇一眼，說：「都是你做的好事。」

方蘇趕忙陪笑著說：「我這不是跟你學的嗎？虛則實之，實則虛之。」

傅華忿忿地說：「那是對壞人而不是對朋友，你看，現在讓你鬧得朋友們都誤會我了。」

方蘇偷瞄了傅華一眼，說：「好啦，對不起啦，是不是剛才打電話來的這個曉菲才是你真正的女朋友啊？大不了我明晚跟你去見她的時候，跟她解釋清楚這其中的誤會就好了。」

女人的第六感讓方蘇敏感地意識到這個曉菲跟傅華的關係不是那麼簡單，否則傅華也不會這麼惱火。

傅華嘆了口氣，說：「事情像你想的那麼簡單就好了。好啦，時間不早了，我送你回去吧。」

方蘇買了單，傅華開車送她回她的住處。一路上，傅華因為生氣方蘇說她是自己的女朋友，也沒跟方蘇說話，兩人就這麼悶著到了方蘇的住處。

方蘇並沒有馬上下車，而是看了傅華一眼，問道：「那明天晚上怎麼辦，我是跟你去呢還是不去？」

傅華還真沒想好這個問題，他答應曉菲帶方蘇過去，本來是有些跟曉菲賭氣的成分，沒有認真想過事情的後果。現在想一想，似乎去和不去都不對，不去吧，等於默認了方蘇是自己的女朋友；去吧，雖然方蘇說會跟曉菲解釋清楚，可是曉菲會相信嗎？就算解釋清楚了，這又意味著什麼？是想跟曉菲表明自己還在乎她嗎？

傅華心中已經對曉菲這種強勢的作風有些厭煩了，他不想讓曉菲認為自己還在乎她，索性就刺激這個女王一回，帶著這個不是自己女朋友的女人大方的在曉菲面前亮一次相，氣氣這個對自己予取予奪的女人。

傅華打定了主意，便說道：「去！為什麼不去，你不是我的女朋友嗎？女朋友自然是要帶給朋友看看的。」

方蘇愣了一下，隨即看了傅華一眼，說：「你還在生我的氣，是嗎？」

傅華說：「沒有，我明晚仍然去公司接你，帶你見見我的這位朋友。」

方蘇說：「那我要不要跟她解釋這些誤會啊？」

傅華說：「你解釋了人家就會信嗎？再說，她也不是我什麼人，沒必要解釋什麼。」

方蘇笑了，說：「那好，我明天在公司等你。」

第二天晚上下班的時候，傅華去振東集團接了方蘇。看得出來方蘇刻意打扮了一番，似乎對今晚這次會面很是在意。

到了四合院門前，傅華停好了車，方蘇下了車，扯了扯衣服，問傅華：「我今晚這副打扮還可以嗎？」

傅華心說：曉菲什麼樣的人物沒見過，你就是打扮得再好，人家也不會有驚豔的感覺，但嘴上還是說：「你的打扮很得體啊，其實我這些朋友都是很隨和的人，只要你表現的自如一點，就很好了。」

方蘇笑笑說：「我還是有些緊張。」

傅華說：「緊張什麼，也就是把你編的戲碼演足了而已。」

方蘇看了看傅華，低下了頭，沒再說什麼，跟在傅華後面走進了四合院。

算起來他有一段時間沒過來了，傅華看到迎出來雍容華貴的曉菲，竟然有幾分陌生的感覺，這還是那個曾經被自己擁在懷中，幾度春宵的女人嗎？

曉菲還是一副居高俯視的樣子，跟傅華握了握手，說：「這就是你女朋友嗎？」

傅華注意到曉菲的笑容背後有一絲僵硬，忽然覺得自己有些差勁，不管怎樣，兩人在一起的那段時光總是快樂和相愛的，自己有必要帶著這個女人來跟曉菲示威嗎？他心裏有些後悔。

傅華還在遲疑時，身旁的方蘇卻面帶笑容，伸出手來，說：「是曉菲姐姐吧？很高興見到您，我是方蘇，早就聽傅華說過你，今天一見，想不到你比他跟我描述的還要出色，還要氣質出眾。」

傅華心中暗自叫苦，方蘇這麼說，更是坐實了她是自己女朋友的身分，曉菲不知道會怎麼想呢？這個女人還真是心機很重啊。

果然，曉菲臉上的笑容更僵了，她跟方蘇握了握手，說：「很高興認識你，傅華也真是的，認識你這樣一位美麗的女朋友，也不跟我們這些朋友說一聲，我不逼他，他還不肯帶你出來見我們呢。」

方蘇笑笑說：「曉菲姐姐，你別怪他，其實他是覺得我太年輕，沒見過什麼世面，怕帶出來會給他丟臉的。」

這兩個女人雖然臉上帶著笑容在說話，可是話語之間卻各有機鋒，曉菲是在暗諷方蘇，說傅華不肯公開承認方蘇是他的女朋友；而方蘇更是一口一個姐姐，實際上是在說曉菲有些年紀啦。

這兩個女人一見面就各鬥心機，讓一旁的傅華真是有些吃不消。

這時，身後一個男人叫道：「傅華，你這傢伙很不夠意思啊，跟我都不說實話，這下你不能不承認方蘇是你女朋友了吧？」

傅華回頭一看，竟然是蘇南。他愣了一下，說：「南哥，你怎麼來了？」

蘇南笑了笑說：「曉菲說你今晚帶女朋友過來，我就想來湊湊熱鬧，也趁機揭穿你的謊言。」

傅華看了曉菲一眼，他覺得曉菲是故意通知蘇南的，剛才進門時對曉菲的那一絲歉疚也沒有了，反而因為曉菲這麼不給他留餘地，心中有幾分的惱火。

方蘇看到蘇南，有點拘束的說：「蘇董，您也來了。」

蘇南笑笑說：「方蘇，現在是下班時間，別這麼拘束，傅華叫我南哥，你也可以跟他叫我南哥。」

方蘇立刻叫了聲：「南哥。」

蘇南說：「走吧，別在院子裏站著了，我們進去坐下來說話。」

蘇南就帶頭往裏走，方蘇小鳥依人的挽著傅華的胳膊，傅華惱火曉菲，便也沒掙扎，就這樣挽著方蘇往裏走。

曉菲面色變了變，但她是見過大世面的人，瞬間就神色如常，也跟在後面一起進了屋。

坐定後，蘇南埋怨說：「傅華，你總該給我一個解釋吧，方蘇明明就是你女朋友，為什麼還要騙我說不是呢？」

傅華心裏暗自苦笑，我騙你什麼啊，明明就不是嘛。不過這個時候，整個局面讓曉菲攪得看上去方蘇就是傅華的女朋友，他就是想否認也無從否認，傅華有些不知道自己該說些什麼好了。

還好方蘇反應很快，接口說道：「南哥，這個不怪傅華，要怪我，原本他是不想介紹我去振東集團工作的，怕你因為我是他女朋友就特別照顧我。是我纏著他，非要他把我介紹給您，他被纏不過，只好答應我，不過他讓我不要說出我是他女朋友的身分。沒想到南哥您火眼金睛，我一去，您就識破了我和傅華的關係。」

方蘇的解釋合情合理，還順便拍了蘇南的馬屁，聽在蘇南耳朵裏自然很受用，便笑笑說：「傅華啊，你真是多慮了，我都跟你說了，我是公私分明的人，方蘇如果不符合我們振東集團的要求，我是不會用她的。方蘇是個很不錯的女孩子，以後你不用在朋友面前遮遮掩掩啦，就大方地承認吧。我和曉菲都替你高興的。是吧，曉菲？」

曉菲瞟了傅華一眼，也說：「是啊，南哥，傅華能找到這樣一個又漂亮又會說話的女朋友，作為朋友，我也真是替他高興。」

方蘇這時扯了傅華胳膊一下，滿臉笑意地說：「你看吧，我都說曉菲姐姐和南哥只會祝福我們，不會怪我們的。」

曉菲強笑了笑，說：「好啦，你們倆就別這麼肉麻了，還是看看點些什麼來吃吧。」

蘇南聽了說：「對呀，你們小倆口可以甜蜜當飯吃，我可是有點餓了，點菜，點菜。」

曉菲把菜單遞給蘇南，說：「南哥，你看吃什麼？」

蘇南說：「今天方蘇是第一次來，讓她點吧。」

曉菲就把菜單遞給了方蘇，心中對蘇南也寵著方蘇更加彆扭。

方蘇忙說：「這怎麼也輪不到我點菜啊，還是南哥點好了。」

蘇南卻堅持說：「今天一定得你點，你是第一次來這裡，又是傅華正式帶女朋友給我們看。」

方蘇看了看傅華，說：「那我可點了？」

傅華點點頭說：「南哥讓你點你就點吧。」

方蘇就翻開菜單點菜，不時的，她就會靠到傅華身邊詢問這個菜究竟好不好吃，傅華對這份裝出來的親密很不適應，卻又不能躲開，只好配合演出。

點完菜之後，蘇南又讓開了一瓶紅酒。

菜上來之後，蘇南端起酒杯，說：「傅華，我很高興你從離婚的陰影中走了出來，來，這一杯我先祝福你們這對小情侶甜甜蜜蜜。」

方蘇笑著跟蘇南碰杯，說：「謝謝你，南哥。」

傅華也只得跟著碰了杯，跟方蘇一起把酒喝了。

喝完後，蘇南又說：「傅華啊，方蘇這個女孩子挺好的，又是我們振東集團的人，以後可不准欺負她啊！」

方蘇聽了，立刻對傅華說：「聽到了沒有，以後你欺負我，我就告訴南哥。」

傅華偷著狠狠地瞪了方蘇一眼，他覺得方蘇的表演有些過火了，便強笑了笑說：「你有南哥撐腰，我又怎麼敢欺負你啊？」

「這才乖，」方蘇說著，突然在傅華的臉頰上親了一下，親完還促狹的衝傅華眨了一下眼，然後說：「這是獎勵你的。」

傅華猝不及防被親了一下，便做了一個躲閃的動作，然後尷尬的笑了笑，這一切都看在曉菲的眼裏，她別有意味的笑了。

這頓飯傅華吃得很累，他不時要去看蘇南和曉菲的臉色，還要配合方蘇不時的親密動作，始終懸著一顆心，便有些疲於應付。

而曉菲卻從一開始的不高興，心情變得越來越好，最後送蘇南和傅華等人離開的時候，她臉上的笑容別提有多燦爛了。傅華知道方蘇表演得過火又蹩腳，反而被曉菲看穿了她和自己真實的關係。

上車之後，傅華一直沉著臉，也不說話，只是開著車往方蘇住處趕。方蘇這時也沒有了在酒桌上的活躍，沉默著，不時偷眼去看傅華的臉色。

過了一會兒，方蘇終於沉不住氣了，問道：「你生我的氣了？」

傅華看了看方蘇，說：「沒有，只是你今天演得有些過火了，你讓南哥把你當成我真的女朋友，日後拆穿了，你跟他不好解釋的。」

方蘇說：「我只不過是幫你氣氣那個曉菲而已，你沒看她一開始的那個表情，你跟我說實話，你們之間究竟是怎樣一種關係啊？」

傅華說：「你還想氣她啊，其實她早就看穿你的把戲了，你還自以為是，真是幼稚。」

方蘇詫異說：「真的嗎？」

傅華說：「你沒看曉菲最後笑得多開心啊，如果不是覺得我們的表演太拙劣，她又怎麼會笑得那麼開心呢？」

方蘇臉沉了下來，說：「我還以為能氣氣她呢，沒想到她那麼狡猾，一下子就識破了。」

傅華沒說話，繼續專注在開車上。

過了一會兒，方蘇問道：「誒，你還沒告訴我，你跟這個曉菲是什麼關係呢？我怎麼覺得怪怪的，要說你們是情侶吧，南哥似乎並不這麼認為；要說你們不是吧，可你們之間又有些彆扭，那種賭氣的樣子，根本就是情人之間才有的反應。」

傅華說：「你別管那麼多啦，反正也不關你的事。」

方蘇不屑的說：「別裝了，你們肯定是有曖昧。」

傅華斥說：「你不知道就別瞎說。」

到了方蘇住的地方，傅華停了車，說：「到了，你下車吧。」

方蘇卻坐在那裏不動，看著傅華說：「你不送我上去啊？」

傅華愣了一下，說：「你的腳不是好得差不多了嗎，怎麼還需要我送？」

方蘇委屈地說：「這麼晚了，樓道裏也沒燈，再說我又喝了點酒，如果有什麼閃失，你怎麼對得起我？」

傅華說：「你小心一點就是啦，何況又關我什麼事啊，我怎麼會對不起你啊？」

方蘇叫說：「我今晚可是為了你才出去應酬的，怎麼會與你無關呢？你說這話真是一點良心都沒有。」

傅華苦笑了一下，說：「好啦，我送你上去就是了。」

傅華就陪著方蘇走進了樓道。黑暗中，方蘇緊緊拽著傅華的胳膊，兩人就這麼默默的走到了頂樓。

方蘇開了門，傅華就準備要走，方蘇趕忙挽留說：「你不進來坐一會兒？」

傅華搖搖頭說：「很晚啦，我要回去了。」

方蘇拉了傅華胳膊一下，說：「傅華，對不起啊，可能我今晚表演的不夠好，其實我是很羨慕曉菲的，我知道你還在意她的感受，整晚你都在看她的臉色，對我卻只是表面應付而已。」

傅華忽然意識到方蘇今晚那些過火的行為，可能是因為喜歡自己才故意為之的，可是他還沒有心理準備要去開始一段新的感情，便苦笑了一下，說：

「方蘇，我和曉菲的事情很複雜，你年輕漂亮，有大好的未來，還是簡單地享受你的生活就好，不要去攪和複雜的事情。」

方蘇看著傅華，剛想要說什麼，傅華卻把她推進門去，說：「你好好休息，我走了。」便帶上了門，轉身下了樓。

在回去的路上，傅華接到了曉菲的電話。

曉菲說：「傅華，你把方蘇送回去了嗎？」

「送回去了。」傅華回說。

曉菲說：「方蘇這個女孩子，小家碧玉，很適合你啊。」

傅華冷冷地說：「你這麼晚打來，就是告訴我這個嗎？」

曉菲笑了，說：「不是告訴你這個，那你想我告訴你什麼？」

傅華說：「我也沒想你告訴我什麼，只是方蘇很適合我的這種話，剛才你和南哥在吃飯時已經說很多遍了，似乎沒必要打電話來再告訴我一遍吧？」

曉菲揶揄說：「我跟你強調一下，你好印象深刻。」

傅華氣惱地說：「好了，曉菲，什麼強調一下，別裝了，你會做這麼無聊的事情嗎？」

「可是有些無聊的人喜歡演一些假鴛鴦的戲碼給我看，弄得我也不得不無聊一下。」曉菲諷刺道。

傅華說：「我就知道你看出來了，你是不是覺得我很滑稽啊？」

曉菲說：「傅華，我不覺得你滑稽，只是覺得你很可憐，明明就對那個女孩子沒什麼感覺，還要在我和南哥面前演得那麼辛苦，何必呢？」

傅華不滿地說：「你以為我想啊？不是你非要見她的嗎？再說，你見就見吧，拖上南哥幹什麼？」

曉菲說：「傅華，你別跟我賭氣，有些事情過去就過去了，回不來的。」

這個女王證實了傅華和方蘇只不過是一對假鳳虛凰而已，甚至這場假鳳虛凰的戲碼還是演給她看的，她的自尊心得到了很大滿足，她以為傅華這麼做是想要挽回兩人之間的感情，便又回到了高高在上的位置，居高臨下的發號施令了。

傅華呵呵笑了兩聲，說：「曉菲啊，你誤會了，我沒想要挽回什麼，我是在試著跟方蘇交往，只是你也知道，我這個人是慢熱型的，沒那麼快進入狀況，所以對方蘇很多親暱的舉動不太習慣，而方蘇似乎察覺了我們過去的那段感情，便做得過火了些。」

傅華這麼一說，曉菲的聲音變得有些乾澀了起來，她說：「原來是這樣啊，其實方蘇大可不必這個樣子，我們的事情早就過去了嘛，她再吃醋就沒意義了。」

傅華笑笑說：「女孩子嘛，吃醋是難免的，以後我會多勸勸她的。好了，曉菲，你還有別的事情嗎？」

曉菲難掩失落地說：「沒有了，可要跟人家好好相處啊。」

傅華笑說：「這你放心，我會的。」傅華就掛了電話。

第三章

多事之秋

談紅說：

「還能怎麼樣？人心惶惶，現在群龍無首，誰也不知道要做什麼。」

傅華心中越發黯然，他知道從談紅那裏也無法探聽到更多的內情，就說：

「那就這樣吧，現在是多事之秋，你也要多注意保護自己。」

回到家已經接近午夜，屋裏冷清清的，傅華簡單的洗漱了一番，就爬上了床，朦朦朧朧睡了過去。

不知道過了多久，放在床頭的手機響了起來，傅華在半夢半醒中摸著接通了，說：「誰啊，都幾點了還打電話過來？」

一個男人的聲音似乎從很遙遠的地方傳了出來，說：「打攪你休息了吧，傅華？」

傅華沒有聽出來這個男人是誰，隨口應了一聲：「你知道打攪還打來，你誰啊？」

男人說：「我潘濤啊，你沒聽出來啊？」

潘濤?!傅華此時還沒很清醒，他重複了一遍名字，才想到打電話來的是已經有一段時間沒跟自己聯繫的頂峰證券老總潘濤，他一下子坐了起來，急問道：「原來是潘總啊，你回北京了嗎？你的事情現在怎麼樣了？」

潘濤這段時間不在北京，頂峰證券的人說他在深圳，但是也有人說潘濤是為了逃避證監會的調查，已經逃到國外啦。他突然深夜打電話過來，自然是讓傅華滿心疑問，更何況潘濤的事情還牽涉到師兄賈昊，傅華很想知道兩人是否已經安全過關了。

潘濤輕聲笑了笑，說：「老弟啊，你別這麼急啊，我還在外地，沒回北京。」

傅華忙問：「那你的事情怎麼樣了，我聽很多人說你被調查了。」

潘濤說：「還能怎麼樣，還是那個樣子吧。我今晚感覺胸裏特別的悶，就想打電話跟老弟聊聊天。哎，老弟，以前我一直認為你成天把什麼原則的掛在嘴上，真是古板得可以，心中還笑你太膽小怕事，哪知道事情到了今天這個地步，才覺得當初要是講點原則就好了，也不用像現在這個樣子擔驚受怕了。」

傅華聽了，忙勸說：「潘總啊，你也不要太擔心，這世界上沒有過不去的山，什麼事情都會過去的。」

潘濤苦笑了一下，說：「話是這麼說，可是事情要過去的方式可就很多了，有平安無事的過去，也有身陷牢獄的過去，更有一種方式是死去。」

傅華忽然感覺潘濤的話很不吉利，忙說道：「潘總，你可別這麼說，什麼死啊，多不吉利啊？」

潘濤笑笑說：「老弟啊，你別這麼緊張，我也就隨口一說，有人說，除死無大事，其實啊，有時候死亡根本算不上什麼大事，眼睛一閉，什麼事情都解決了，這可能是最快解決問題的辦法了。」

傅華越發疑惑了，說：「潘總，你越說越邪乎了，什麼眼睛一閉啊，大半夜的，讓你說得多嚇人啊？潘總啊，我現在是一個人在家裏，你不要老跟我探討這個問題好不好，我心裏發毛。」

傅華當時的感覺確實是心裏發毛，他接電話的時候並沒有開燈，黑漆漆的屋子裏，只有手機發出的一點微弱的螢光，潘濤的聲音幽幽的，似乎是從地底下發出來的，又探討最令人毛骨悚然的死亡問題，傅華難以控制的恐懼了起來。

很長一段時間裏，傅華都無法忘記這一次潘濤在深夜裏打來的電話，那一晚潘濤跟傅華聊了很久，還跟傅華談起了他的小兒子，語氣中充滿了慈愛。結束談話的時候，傅華已經沒有了睏意，他拉開臥室的窗簾，窗外有些濛濛亮了，夜晚那些耀眼的燈光頓時變得暗淡起來。

傅華打開窗戶，眺望著遠處的高樓大廈，忽然想起趙婷第一次帶他回家見她父母的那一晚，在吃完飯之後，趙凱把他領到書房去的那一番談話。

眼前這繁華的背後，確實有著許多見不得人的一面，就像潘濤，頂峰證券的老總，曾經是多麼風光的一個人，可誰知道他為了這個風光做過多少見不得人的事情？不知道這次他能逃得過劫數嗎？還有師兄賈昊，這個證監會的高官，他現在是不是也像潘濤一樣惶惶不可終日呢？他已經很長時間沒跟賈昊通過電話了，也不敢打電話過去，怕給賈昊增添不必要的麻煩。

從潘濤語氣的沉重，傅華可以猜想到兩人的問題朝向更嚴重的方向發展了，不知道這次賈昊要為此付出怎樣的代價？看來當初張凡老師跟他劃清界限還真是正確的。

傅華心中也跟著不安起來，他撥了丁益的電話。

丁益過了好一會兒才接通電話，說：「傅哥，怎麼這麼早啊？」

傅華這才意識到自己光顧著考慮問題的嚴重性了，沒注意看時間，就說：「你看我，自己起床了，就以為別人也起床了，忘了看時間。」

丁益問說：「什麼事啊？」

傅華說：「剛才潘濤給我打電話，說話的語氣怪裏怪氣的，我心裏有些不安，就想打電話給你問一下，你們那邊最近情況怎麼樣？」

丁益說：「不怎麼樣，上面下來人到天和公司調查過，幸好我們公司沒查出什麼問題。我父親覺得這件事情與傅哥你沒什麼關聯，就讓我不要跟你說。」

傅華說：「哦，是這樣啊。」

「潘濤說了什麼嗎？」丁益問道。

傅華說：「也沒說什麼，只是一直說什麼死亡啊、兒子啊之類的話，人很消沉，大半夜挺嚇人的。」

「潘濤現在的壓力很大，有消息說，這次調查的主要目標是他，他會消沉也很自然。」丁益聽了說。

傅華說：「我也覺得他壓力很大，還勸他放開點，事情很快就過去的。」

丁益說：「希望這樣吧。」

兩人沉默了一會兒，就掛了電話。

掛掉電話之後，傅華也難以入睡了，悶坐到天光大亮，沖洗一番，就去了駐京辦。

上午，金達打電話來，詢問海川重機重組的進展情況，潘濤現在這種狀況，顯然海川重機重組是不會有什麼進展了，傅華就把瞭解到的情況跟金達說了。

金達也覺得以目前這種狀況，再去催促頂峰證券也是沒用的，只好說：「那先放一放吧。」

金達又要求傅華多注意客商投資方面的訊息，說海川新上的幾個工業園都急需要客商入駐，要傅華多注重這方面的招商工作。

到傍晚，忙了一天的傅華伸了伸懶腰，工作總算結束了，還真是夠累的，昨晚沒休息好，他打算早點回家休息。

門被敲響了，方蘇閃了進來，傅華說：「你怎麼來了？」

方蘇說：「今天下班早，就過來看看你。」

傅華笑說：「我有什麼好看的？再說，我們昨天不是才見過面嗎？」

方蘇說：「我是想你下班了也是一個人吃飯，我也是一個人，不如湊在一起，兩個人還熱鬧些。」

傅華說：「你媽媽回雲山了？」

方蘇點點頭說：「是呀，她不放心我父親，見我好得差不多了，今天就回海川了。」

傅華想想反正自己也要吃飯，便說：「那你想吃什麼？」

方蘇見傅華答應一起吃飯，高興的笑說：「你說吃什麼，我就吃什麼。」

傅華笑笑說：「這可有點讓我為難，我又不知道你的口味，你先告訴我想吃什麼，我再看我們去哪裡，好不好？」

方蘇說：「我看你們這兒有一家海川風味的餐館，我好久沒吃到家鄉菜了，還蠻想吃的。」

傅華說：「這簡單啊，我們下去吃就是了。」

兩人就坐電梯下去，正碰到羅雨和高月也要去餐館吃飯。

高月笑著對傅華說：「傅主任，這位是？」

傅華正想要介紹方蘇，方蘇卻搶先一步說：「你好，我叫方蘇，是傅華的女朋友，很高興認識你。」

高月跟方蘇握了握手，說：「我叫高月，是海川駐京辦的，這位是羅雨，是我的同事。」

羅雨也跟方蘇握了握手，還衝傅華眨了眨眼睛，笑著說：「很高興認識你，你真漂亮。」

方蘇倒是落落大方，說：「我也很高興認識你，既然你們也是來吃飯的，我們大家一起吧？」

傅華心說這個方蘇倒不認生，一來就跟自己的同事打成一片，還公開說什麼是自己的女朋友，真是的！

高月笑笑說：「你沒看傅主任一臉不高興的樣子，我們還是不當這個電燈泡了吧？」

傅華趕忙說：「我可沒這個意思啊，大家一起吧。」

高月說：「我是開玩笑的，我和羅雨也不會那麼不識趣，還是各吃各的吧。」

傅華不好勉強，四人就分成兩組，各自找地方坐下來吃飯。

坐定後，傅華瞪了方蘇一眼，說：「你幹什麼，為什麼要跟他們說你是我的女朋友？」

方蘇說：「這我可沒撒謊，你昨天還向南哥和曉菲姐姐介紹說我是你的女朋友的，怎麼，你想抵賴啊？再說，我做你女朋友也不丟你的臉，是吧？」

傅華苦笑了一下，說：「你也知道昨天是玩假的啊。」

方蘇笑笑說：「我可不這麼認為，你能當朋友的面承認我是你的女朋友，說明你心中對我多少還是接受的。剛才也是，你如果認為不是，為什麼不在你同事面前否認啊？」

傅華說：「我那是給你留面子嘛。我如果否認，你怎麼下臺啊？」

正說著，章鳳也走進了餐館。

傅華見高月朝章鳳招了招手，章鳳走了過去，兩個女人就在一起嘀嘀咕咕，不時還看向自己這邊，傅華就知道這次玩大了，高月肯定是在告訴章鳳，自己帶女朋友一起吃飯了。

傅華心中暗自叫苦，看來自己有女朋友這件事情，很快就會在趙家傳開了。

傅華瞅了一眼方蘇，說：「真是被你害死了。」

傅華正想解釋給方蘇聽，卻看到章鳳已經朝自己走過來了。

方蘇順著傅華的眼神看到章鳳，愣了一下，說：「不會這個女人也是你的女朋友吧？」

章鳳這時已經走到傅華面前，笑著說：「姐夫，聽高月說，你有女朋友了?就是這位嗎？」

章鳳跟趙淼確定關係之後，一直跟著趙淼叫傅華姐夫。

傅華趕忙解釋道：「高月她弄錯了，這個方小姐是我們海川的同鄉，剛才她是跟高月和羅雨開玩笑的。」

章鳳坐了下來，說：「姐夫啊，我跟趙淼都認為你跟姐姐離婚的事，是姐姐不好，趙淼還跟姐姐為此吵過一架呢。現在姐姐馬上就要嫁給別人了，你也該再找個人了，所以你不用怕我知道這位方小姐是你的女朋友，我跟趙淼只會祝福你們的。」

傅華有些恍神，雖然他覺得自己已經把趙婷放下了，可是乍聽她就要嫁給別人，心裏仍不是個滋味，說：「小婷跟John要結婚了？婚期定了嗎？」

章鳳說：「定了，這個月底就結婚。這件事，趙淼和他父母都不是很認同，可是姐姐堅持，他們只好接受。」

傅華苦笑了一下，說：「那你替我跟他們道一聲祝福。」

章鳳勸說：「事情已經這樣了，你也別不好受了。這位方小姐很不錯啊，又年輕又漂亮。」

傅華搖搖頭說：「跟你說過她不是我女朋友了。」

章鳳看了看兩人，說：「姐夫，你說不是就不是好啦。誒，方小姐，你在哪裡高就啊？」

方蘇這時看傅華表情痛苦，又在這個女人面前堅決否認自己是他女朋友，便知道這個女人很可能是傅華前妻的什麼人，就不敢再亂說自己是傅華的女朋友了，見章鳳問她的工作，便說：「我在振東集團工作，剛才我是跟傅華的同事們鬧著玩，瞎說的，我們真的只是老鄉，不是什麼男女朋友。」

章鳳笑了笑說：「原來方小姐在蘇董那裡工作。」

方蘇點點頭，說：「你也認識蘇董？」

章鳳說：「認識，他以前常過來吃飯。」

「是這樣啊。」方蘇說。

章鳳又問：「你跟我姐夫真的只是老鄉？」

方蘇趕緊說：「真的，剛才我是開玩笑而已。」

章鳳說：「只是老鄉也無所謂，我看方小姐很善解人意，我姐夫有你這樣一個老鄉也是他的福氣。方小姐，你可能不知道，我姐夫最近這段時間遇到了很多事情，這是他最難熬的時候，你有時間可以多陪陪他吃吃飯什麼的，等他過了這段難關就好了。」

傅華看章鳳還是拿方蘇當自己的女朋友對待，就說：「章鳳，我都跟你說了，她不是我女朋友。」

章鳳笑笑說：「我知道啊，我又沒說是啊！好啦，你們吃你們的吧，我走了。」

章鳳離開了。這個誤會看來已經造成了，傅華狠狠地瞪了一眼方蘇，說：「你看你都幹了什麼？」

方蘇小心地看了一眼傅華，說：「我是不是闖禍了？剛才這個女人叫你姐夫，她跟你前妻是什麼關係啊？」

傅華說：「她是我前妻弟弟的女朋友，這下你高興了吧，鬧得全世界都知道你是我女朋友了。」

方蘇反駁說：「你前妻不是馬上就要嫁人了嗎？你還怕她家人知道幹什麼？」

傅華說：「要那麼簡單就好了，我岳父是我很尊重的人，如果你真是我女朋友，我還可以正式把你介紹給他，可我們現在這種狀況，你讓我怎麼介紹啊？說你是假裝我女朋友的？」

方蘇陪笑著說：「我們也可以不要假裝啊？你就把我當成你真的女朋友不行嗎？」

傅華苦笑了一下，說：「哪裡會這麼簡單？不是你不夠好，問題是我現在還沒有做好迎接一段新感情的準備。」

方蘇看了看傅華，便低下頭去，不再說什麼了。

方蘇心中在想什麼，傅華多少猜到一些，知道這個女孩子可能確實是對自己有些迷戀，可是一來他確實是沒有開始一段新感情的心理準備，二來，他覺得方蘇可能是因為自己幫過她，對自己有感恩的情分，他並不想利用方蘇這種感恩的心理，心想隨著時間的過去，方蘇這種感恩的想法總是會過去的，那時候她就不會再對自己有這種想法了。

兩人在很沉悶的氣氛中吃完了飯，傅華將方蘇送回家，這一次方蘇倒沒纏著傅華送她上樓，傅華知道她是在生自己的氣。看方蘇這個樣子，他心裏倒有些輕鬆的感覺，這未嘗不是件好事，也許這樣她就不會再來糾纏自己了。

早上，傅華到辦公室的時候，有兩個男人站在門口，其中一名男人看到傅華來了，問道：「請問是傅華先生嗎？」

傅華點點頭，說：「兩位是？」

那名男人說：「我們是深圳市公安局的，我姓張，我這位同事姓王。」

傅華愣了一下，深圳公安局找自己什麼事啊？自己眼下所有的事情沒有跟深圳有交集的，他們找自己要幹什麼？

傅華心裏疑惑著，一邊開了辦公室的門，把兩人讓進了辦公室坐下。

他問：「請問兩位找我有什麼事情嗎？」

張警官說：「有一位潘濤潘先生你認識吧？」

傅華心中一下子緊張了起來，難道是潘濤有什麼事情牽連到了自己？不對啊，如果是潘濤有什麼事牽連到自己，似乎也不應該是警察來調查這件事情啊，他心中更加疑惑了。

他看了看張警官，說：「認識啊，發生了什麼事情嗎？」

張警官說：「傅先生，你別緊張，是這樣的，昨天我們發現潘先生死在自己的住處，我們查了他的通聯記錄，他死亡前打的最後一通電話，就是傅先生的號碼，看通話時間，你們聊了很久，我們來，就是想瞭解一下他在電話裏跟你說了些什麼。」

傅華頓時呆住了，不敢置信地說道：「你是說潘濤死了？」

張警官點了點頭。

張警官說：「潘先生被發現的時候，已經死亡一段時間了，法醫初步判斷他就是在跟你通完電話之後死亡的。只是因為潘先生這段時間一直獨居，才會這麼久後才被人發現。」

傅華心中不禁有些黯然，幾天前一個活生生的人還跟自己談過話，轉瞬之間就陰陽兩隔了，這也太突然了吧。再說潘濤是怎麼死的啊？便說：「那我能請問一下，是什麼原因導致潘濤死亡的？」

張警官說：「不好意思，傅先生，目前還在進行驗屍工作，這個問題我沒辦法回答你。你現在能告訴我，那一晚潘濤究竟跟你說了些什麼嗎？」

傅華想了想，說：「也沒說什麼，只是講他目前似乎遭遇到一點困難，很後悔當初做事沒有堅持原則，我勸他事情總會過去的，讓他放寬心，然後他談了他小兒子的一些情況。」

張警官懷疑的看著傅華，問道：「他在深夜打電話給你，就只說這些？」

傅華點了點頭，說：「就說了這些。」

王警官問：「那他談話當中，有沒有什麼讓你感覺異常的？」

傅華回說：「也沒什麼異常，只是當時他的情緒很低落，我想這在遭遇困難的人來說，也應該算是正常的情緒反應吧？」

王警官看了看傅華，說：「你再好好想想，真的一點反常的事都沒有？」

傅華說：「非要說反常，那只有一點，他突然跟我談起了死亡，你知道那時是深夜，一個人跟你大談死亡，讓人多少心裏有些忐忑。」

張警官開始感興趣了，問道：「那他有沒有說過自己不想活了之類的話？」

傅華搖搖頭，說：「這倒沒有，他好像只是要跟我探討一下的意思，倒沒有什麼想不開的樣子。」

張警官說：「是這樣啊，那他有沒有再提及其他人？」

傅華搖了搖頭，說：「沒有。」

張警官又說：「那你還瞭解什麼有關潘濤先生最近的其他情況嗎？」

傅華說：「我不太清楚，我跟潘濤的頂峰證券有業務往來，我只知道潘濤最近一直在外地，其他的我也不清楚了。」

張警官和王警官互相看了一眼對方，然後張警官說：「那我們就先瞭解到這裏，你再想起來什麼時，可以打電話給我們。」

張警官就留下了自己的手機號碼，然後和王警官離開了。

兩位警官離開後，傅華坐在那裏，心裏充滿了感傷。過了好一會兒，傅華抓起了電話，打給談紅，潘濤死亡的消息，應該會給頂峰證券造成很大的震動，他想知道現在頂峰證券內部的情形，更想瞭解一下潘濤的死究竟是怎麼回事。

談紅接了電話，立刻就說：「我剛想給你打電話來著，潘總去世了。」

傅華嘆了口氣，說：「我知道。」

談紅愣了一下，說：「你怎麼知道的？」

傅華說：「深圳公安局的警官剛從我這裏離開，他們是找我瞭解跟潘總死亡有關的事情。」

談紅說：「這幫傢伙動作倒挺快的。」

傅華問：「你們那邊的情況怎麼樣？」

談紅說：「還能怎麼樣？人心惶惶，現在群龍無首，誰也不知道要做什麼。」

傅華說：「你知不知道潘濤究竟發生了什麼事情啊？」

談紅說：「我也不清楚，現在公司謠言滿天飛，有人說潘總是畏罪自殺的，也有人說他是被人滅口的，不過沒有人確切知道究竟是發生了什麼。」

傅華問：「潘濤也沒跟你們交代什麼？」

「沒有，潘總只說他想靜一靜，要我們沒什麼重要的事情不要去打攪他，要不然他的死也不會這麼久才被發現。你不知道，有人說潘總被發現的時候現場慘不忍睹，屍體都開始腐爛了。」談紅說。

傅華心中越發黯然，他知道從談紅那裏也無法探聽到更多的內情，就說：「那就這樣吧，現在是多事之秋，你也要多注意保護自己。」

談紅的心情也很沉重，沒再說什麼，就掛了電話。

傍晚，臨近下班時，傅華接到了趙凱的電話。

趙凱說：「潘濤死了你知道吧？」

傅華說：「我知道了。」

趙凱說：「晚上回家一起吃飯吧，我想跟你談一談。」

傅華答應了，收拾好東西就去趙凱家。

趙凱見到傅華，笑了笑說：「傅華啊，你可好長時間都沒過來看我了。」

傅華不好意思地說：「最近工作忙了一點。」

趙凱說：「別找藉口了，是小婷鬧得我們之間的關係有些尷尬了起來。其實我們翁婿一場，也是一種緣分，這種緣分並沒有因為小婷的緣故就斷了，我們之間不是還有傅昭嗎？」

傅華趕緊說道：「爸爸，不管怎麼樣，你始終是我尊敬的人。」

趙凱拍了拍傅華的肩膀，嘆了口氣，說：「你這麼說，我們之間的關係就變得疏遠起來了，哎，這段時間我一直很懊悔，當時怎麼會想要讓小婷移民呢？」

趙凱雖然很自責，可是改變不了他跟趙婷是父女關係這一事實，不管怎麼樣，他跟趙婷還是會比跟自己要親的，傅華也不想因為自己鬧得趙凱和趙婷之間不愉快，便笑了笑說：「爸爸，這不應該怪你，是我跟小婷的緣分盡了而已。聽章鳳說，小婷月底就要結婚了？」

趙凱點了點頭，說：「是啊，我並不喜歡小婷找一個洋人老公。他們叫我去澳洲參加婚禮，我還在猶豫是不是要過去呢。」

傅華說：「不管怎樣，這是小婷自己的選擇，我祝福她，我想爸爸您也會給她祝福的，不然的話，她這個新嫁娘可能做的就不會很開心了。」

趙凱搖搖頭，說：「傅華，還是你大度。好了，我會去參加婚禮的。不說這個了，說說潘濤吧，究竟是怎麼回事啊？他怎麼就死了呢？」

傅華說：「我也不是很清楚，今早深圳警方還找我瞭解情況呢。」

趙凱詫異地說：「你也不知道發生什麼事情了嗎？」

傅華說：「具體的情形我也不太清楚，我只知道最近有關部門在調查賈昊和潘濤，潘濤就離開北京，一直待在深圳。前幾天他突然給我來電話，電話裏也沒說什麼，就胡亂聊了些有的沒的，再來就是深圳警方告訴我他死了。」

趙凱說：「關於調查的事情，我多少聽聞了一些，好像目標是衝著你那個師兄去的。」

傅華說：「可能吧，據我所知，賈昊最近也不在北京，他一直在外面調研。」

說起賈昊，傅華心中不由得有些彆扭，他相信這時候賈昊肯定已經知道了潘濤死亡的消息，按說他們之間是往來最密切的，很多潘濤的事情，賈昊都參與其中，傅華覺得賈昊起碼應該打個電話給自己，問問情況，可是賈昊並沒有，他一如往常的沉默，似乎這件事情與他並沒有什麼關係，這未免讓傅華感覺他有些冷血。

趙凱說：「現在外面有很多傳言，都在說可能是賈昊為了保全自己，做掉了潘濤。」

傅華笑說：「這不可能，賈昊應該沒有這種膽量和能力。」

趙凱說：「我也覺得賈昊沒這種能力，不過這次潘濤一死，得益最大的可能就是賈昊了，潘濤這麼一死，很多事情就變得死無對證啦，賈昊這次就可能涉險過關了。」

傅華知道賈昊肯定跟潘濤有很多事情勾結在一起，也不好說什麼，只是說：「可能吧。」

趙凱看著傅華，問道：「我知道你跟賈昊、潘濤這兩個人走得很近，不知道你在這件事情中牽涉了多少？你要跟我說實話，我也好預做準備。」

傅華知道趙凱是在擔心自己，他很為這個前岳父這麼為自己擔心而感動，利益在前，很多人都難以把持得住，自己又不是聖人，趙凱為自己擔心也是很正常的。

傅華說：「爸爸，謝謝您關心我，不過，您也應該知道我這個人的個性，我是不會在這些上面動心思的。」

趙凱笑了笑說：「我是瞭解你，不過這裏面牽涉到的利益巨大，我擔心你不能很好地把持自己。」

傅華說：「我不敢說自己樣樣都做得很好，但是在潘濤和賈昊這件事情上，我可以向你保證，我絕對沒有牽涉不法。」

趙凱鬆了口氣，說：「那就好。」

這時保姆過來跟趙凱說，飯已經準備好了，趙凱就帶著傅華去了餐廳。

坐定後，趙凱問道：「傅華，你現在一個人住，能照顧好自己嗎？」

傅華笑了笑說：「以前我也不是沒一個人過過，我能照顧好自己的。」

趙凱關心地說：「不要老在外面吃，外面的東西沒營養的，這裏現在還是你的家，沒事呢你就過來吃，不要不好意思過來。」

傅華鼻子酸了一下，低下了頭，已經很久沒有人這麼關心過他了。母親過世、趙婷又跟他離婚，兒子傅昭還是一個嬰兒，這世界上似乎已經沒有親人會這樣關心他。

趙凱拍了拍傅華的肩膀，說：「傅華，小婷即將再婚，你不要再苦著自己，也該給自己找個伴了。」

傅華苦笑了一下，說：「我會找的。」

趙凱笑說：「那個振東集團的女孩子就很不錯啊，你不用擔心我，我很願意看到你找到新的幸福。」

傅華笑說：「章鳳跟您說了？」

趙凱點點頭，說：「我也去看過了那個女孩子，感覺上還不錯。」

傅華愣了一下，說：「您去看過她？」

趙凱說：「我總得看看你為傅昭選了一個什麼樣的繼母吧？」

傅華趕忙否認說：「其實這一切都是一場誤會。」

趙凱不解地說：「誤會，什麼意思？」

傅華解釋說：「那位小姐是海川的一個同鄉，想要換工作，我就把她推薦給蘇南，蘇南誤以為她是我的女朋友，這個小姐為了面試能夠順利過關，也沒有否認。後來她就把是我女朋友這一點一直掛在嘴邊，我覺得她只是鬧著玩，也就沒管她，誰知道讓章鳳給看到了。其實我跟那個小姐沒什麼的，只是普通朋友而已。」

趙凱聽了說：「原來是這樣啊。」

傅華說：「如果我正式交了女朋友，會帶給爸爸你看的。」

趙凱說：「那個女孩子其實很不錯啊，她肯把是你女朋友這一點掛在嘴邊，就表示她是喜歡你的，這樣的女孩子你還不要，想要找個什麼樣的啊？」

傅華說：「那個女孩子不是不好，只是我還沒做好開始一段新感情的心理準備。」

趙凱不禁勸道：「傅華啊，你在等什麼啊？小婷就要再婚了，你再等下去也沒什麼意義啊。」

傅華說：「可能是我的心態還沒調整好吧。」

趙凱說：「你還需要調整什麼？說給我聽，我來給你調整。」

傅華也說不出來他需要調整什麼，只好笑了笑，沒說話。

趙凱說：「你也不知道需要調整什麼是不是？好啦，你聽我安排，那個女孩子既然對你有好感，你把她帶來，跟我吃頓飯，一來我可以多瞭解一下她，二來你們也可以趁機加深一下感情。」

傅華為難的說：「這個不好吧？我才跟她說了我還不能接受她。」

趙凱不滿地說：「你是金口玉牙啊？說了就不能改了嗎？你剛才跟我說你始終很尊敬

我是吧？那好，我倒要看看你尊敬我到什麼程度，你如果能把這個女孩子帶過來跟我一起吃飯，我就相信你是尊重我的。」

傅華看看趙凱，說：「爸爸，你這樣子可是讓我很為難的，我跟她真的只是朋友而已。」

趙凱說：「你如果感覺這個方蘇不好，還有別的女人嘛。對了，你還記得鄭老的那個孫女嗎？叫什麼名字來著？當初小婷說人家對你可是有意思的，她現在結婚了沒有啊？沒有的話，你也可以考慮一下，重新回頭追一下人家啊？」

傅華愣了一下，他沒想到趙凱會提起鄭莉，當初他在鄭莉和趙婷之間選擇了趙婷，也就關上了他和鄭莉感情發展的大門。後來鄭莉和趙婷成了好姐妹，他跟鄭莉之間也謹守著朋友的界限，再無更多的交集。

趙婷去了澳洲之後，傅華跟鄭莉之間缺乏了趙婷這個媒介，基本上也就沒有了往來，也不清楚鄭莉的近況，只是傅華還會定期去看望鄭老，倒是沒聽鄭老說過鄭莉結婚了。

傅華說：「鄭莉好像還沒結婚，可是我很久沒跟她往來了，這已經算是陳年往事，沒有可能了。」

趙凱說：「那你就把方蘇給我帶來，慢慢交往看看嘛，不要老是這麼一個人了，你這樣子讓我心中也不好受。」

傅華答應說：「好，我領方蘇過來吃飯就是了。」

趙凱說：「這就對了。」

第四章

仕途險惡

賈昊難過地說：

「你不理解我和老潘之間的感情，現在有人想整倒我，就把這些舊賬翻出來，想要藉調查老潘把我牽連進去。沒想到我沒事，反倒是讓老潘幫我擋了這一劫。哎，老潘是替我死的啊。小師弟，仕途險惡啊。」

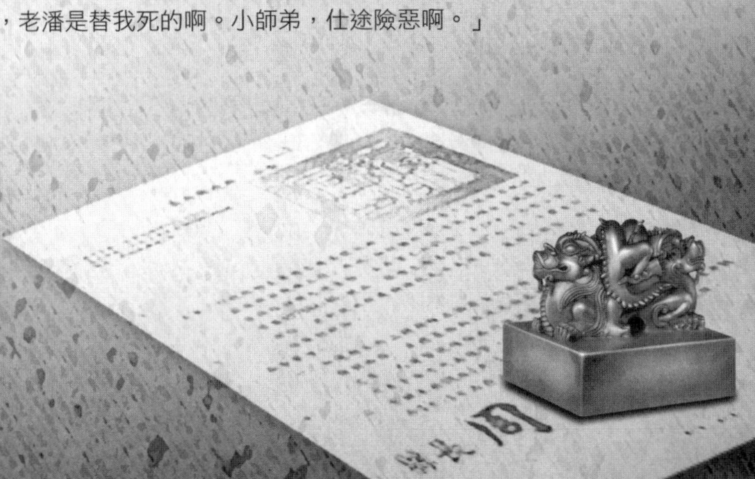

第二天一早，傅華就打電話給方蘇，說：

「方蘇啊，你幫我一個忙好不好？」

自從傅華跟方蘇講明自己還沒有打算開始新的感情，方蘇就沒再跟他連繫，此刻傅華突然找上門來，讓她心中又驚又喜，趕忙問道：「什麼事啊？」

傅華說：「我岳父想要見見你。」

方蘇愣了一下：「你岳父？」

傅華笑了，說：「前岳父了，趙婷的父親。」

方蘇沒想到傅華找她是為了這個，說：「他要見我幹什麼？」

傅華說：「他聽章鳳說我交了女朋友，便問我這件事情，我跟他解釋了我和你之間真正的關係，他就說想見見你。你知道我很尊重他的，你能不能幫我個忙，找個時間跟我去他家吃頓飯？」

方蘇遲疑了一下，傅華跟前妻離婚已經有些時日了，而且前妻即將再婚，這時候他的前岳父要見自己，顯然不可能是向自己發難。那就很可能是想要撮合自己和傅華的。

方蘇心中正在為如何能夠創造機會與傅華多接觸犯難呢，她心中有一種信念，像自己這樣年輕貌美，如果有機會多跟傅華接觸，傅華肯定會喜歡上她的，因此又怎麼會放過這種機會呢。

方蘇便說：「行啊，你定時間吧。」

傅華說：「先謝謝你了，我跟我岳父約好時間再通知你好嗎？」

方蘇說：「好的，等你電話。」

傅華就跟趙凱通了電話，趙凱聽說方蘇答應來見他，就說：「那就定在明晚吧。」

傅華把時間告訴了方蘇，方蘇讓傅華明天下班後去接她。事情安排妥當，傅華也鬆了口氣。

隔天下午，傅華正在辦公室辦公，方蘇突然打電話來。傅華呆了一下，方蘇這時候打電話，會不會是她變卦，不肯去趙凱家的晚宴了？

傅華問道：「方蘇，出什麼問題了嗎？」

「你現在有沒有空啊？」

「我在辦公呢，幹嘛？」傅華問道。

方蘇說：「你出來一下好不好？我現在正在買衣服，你幫我看看是否合適？」

傅華聽了笑說：「也不過是吃頓飯，買什麼衣服啊？」

方蘇緊張地說：「不行的，你不知道，衣服就是女人的自信，沒有合適的衣服，我會手足無措的。」

傅華說：「真的沒必要，我岳父那個人是很隨和的，他不會讓你尷尬的。」

方蘇堅持說：「他不會讓我尷尬，可我自己會尷尬。好啦，你過不過來？你不過來，今晚就不要來接我了。」

傅華還想趕緊把趙凱哄弄過去呢，又怎麼肯讓方蘇不去呢，便說：「好啦，我馬上過去就是了，你在哪裡？」

方蘇說：「我在『賽特』的二樓，你過來吧。」

傅華心說這個女人還真是肯下本錢，這家店的衣服都是很貴的。不過方蘇這是給自己做面子，傅華也不好說什麼。

到了「賽特」，傅華找到了方蘇，方蘇正在試一套衣服，見到傅華來了，就在傅華面前轉了一圈，問道：「怎麼樣，好看嗎？」

傅華點了點頭，說：「不錯啊。」

方蘇說：「可我總覺得這衣服的袖子有些不好看。誒，你岳父喜歡什麼樣的風格？」

傅華笑說：「你別管他喜歡什麼樣的風格，你穿著好看就好了。」

方蘇說：「那怎麼行？你都說你很尊重他，我可不想給他留下一個壞印象。」

接連換了幾套衣服，方蘇才找到一套比較滿意的衣服，問傅華：「你看這套怎麼樣？」

傅華看了看，就說：「好啊，這套衣服很適合你。」

方蘇說：「那就買它吧。」

這時，旁邊的一個女人插嘴說：「小妹妹，別聽男人瞎糊弄你，男人懂什麼啊，他說很好，是因為他陪你這麼長時間心中厭煩了！這麼老氣的顏色怎麼適合你啊？你這麼年輕，應該穿一些青春洋溢、有朝氣的衣服。」

方蘇聽女人這麼說，就開始猶豫起來，說：「是啊，這顏色是有點顯老。」

傅華本以為這一趟購物之旅要畫上句號了，沒想到卻被不相干的人橫插一槓子，便有些不滿的看了一眼插話的女人，卻發現那女人是自己認識的人，不由得笑了，說：「筠姐，怎麼是你啊？」

原來這女人是徐筠。徐筠當初因為被董昇欺騙感情，一怒之下舉報了董昇，引發了一次很大的官場事件，不但董昇身陷囹圄，還差一點害傅華也受到牽連。事後，趙婷雖然原諒了她，可是相處起來總是有些彆扭，徐筠自己也覺得不好意思，加上董昇的事情鬧得沸沸揚揚，她也覺得沒有面子，就慢慢淡出了趙婷的小圈子。因此傅華也好長一段時間沒跟她接觸過了。

徐筠也認出了傅華，笑說：「是你啊，傅華，這位是？」

傅華趕忙說：「這位小姐是我的一位老鄉，方蘇，要我陪她買件衣服。」

傅華之所以答得很急，是害怕方蘇又開口說她是自己的女朋友。

徐筠上下打量了一下方蘇，笑了笑說：「傅華，你這位老鄉倒是很漂亮啊。我叫徐筠，是傅華的朋友，很高興認識你。」

方蘇跟徐筠握了握手，笑笑說：「我也很高興認識你，筠姐。」

徐筠又對傅華說：「傅華，我們可是有些日子沒見了，怎麼，我聽說你跟趙婷離婚了？」

傅華苦笑了一下，說：「筠姐也知道了?!」

徐筠說：「這個圈子很小的。誒，你跟我說實話，這位不會是你新找的女朋友吧？」

傅華笑笑說：「就是老鄉。」

徐筠說：「那你離婚之後，另外找人了嗎？」

傅華搖搖頭說：「沒有啦，我現在沒心情。」

徐筠聽了，立刻說：

「誒，傅華，鄭莉現在也還是一個人哦，當初她可是很喜歡你的，你跟趙婷結婚之後，她一直沒找男朋友，你看是不是再跟她聯絡一下啊？」

方蘇的臉一下子沉了下去，眼前這個女人居然要給傅華介紹女朋友，感覺好像對她視若無物一樣。

方蘇瞅了一眼傅華，說：「傅華，晚上還要去見你岳父呢，這麼磨蹭下去，什麼時候能買好衣服啊？我們不用去了。」

徐筠聽出了方蘇的不高興，她並沒有拿方蘇的小脾氣當回事，問傅華道：「你要帶這位方小姐去見趙婷的父親？」

傅華解釋說：「我岳父知道我有這樣一位老鄉，就想要見一見她。」

方蘇見傅華沒回答自己的話，反而跟徐筠解釋為什麼帶自己去見趙凱，越發覺得沒了面子，急躁的說道：

「傅華，你到底聽沒聽見我跟你說的話啊？你這麼磨蹭，還去不去了？」

徐筠看了一眼方蘇，她看出方蘇這麼急躁，是因為喜歡傅華的緣故，便笑了笑說：

「小妹妹，我知道你喜歡他，可有些事情急不得，姐姐我是過來人，你聽我跟你說，男人是不會喜歡你現在這種態度的，你這樣讓他很沒面子，知道嗎？」

方蘇的臉紅一陣白一陣的，有心發作，卻又怕傅華真的覺得掃了他的面子，便氣哼哼的瞪了傅華一眼，終於還是把怒氣壓了下去，扭過頭去看別的地方啦。

方蘇終究是為了幫自己而來的，傅華也不想她太過於受委屈，便打圓場說：「筠姐，方蘇還年輕，你就別跟她一般見識，好啦，我們要去買衣服去了，再見吧。」

徐筠有趣的看了看兩人，笑了笑說：「行啊，就不打攪你們了。」就走開了。

傅華對方蘇說：「好啦，我們接著挑衣服吧。」

方蘇沒好氣的說：「不挑了，就買這件。」

傅華說：「可是剛才筠姐不是說這套顏色很老氣嗎？你再換一套吧。」

方蘇沒好氣地說：「聽她的幹什麼，她的眼光就很準嗎？我就覺得這套很不錯。」

傅華知道方蘇是在跟徐筠賭氣，笑了笑說：「你不要跟筠姐生氣，她就是那麼一個人，有口無心的。」

方蘇說：「我不管，我就要這一套了。」

傅華看了一眼方蘇，眼前方蘇賭氣的樣子，活脫是趙婷的翻版，心說：這些女人怎麼都一個德行呢？如果在以前，傅華可能還會覺得方蘇的任性是一種可愛，但現在，他對這種類型的女人已經無法感受到可愛，相反，還有一種厭煩的感覺。

出了「賽特」，傅華和方蘇上了車，傅華問方蘇：「你接下來要去哪裡？」

方蘇說：「回家，換衣服打扮一下，時間就差不多了。」

傅華就開車送方蘇回家，一路上，傅華都沉著臉不說話，車裏的氣氛就很沉悶。

到了方蘇家樓下，方蘇上了樓，傅華坐在車裡等她。這時電話響了，竟然是賈昊打來的，傅華心說，你總算露頭了，趕緊接了起來。

電話中，賈昊說：「小師弟啊，最近還好嗎？」

傅華笑了笑說：「還是那個樣子。」

賈昊說：「我馬上就要回北京了，很快我們就能見面了。」

賈昊要回來，看來調查的事情已經平靜下來，順利過關了。

傅華對他這種輕鬆的語氣，心中有些不滿，有心讓賈昊彆扭一下，便說道：「師兄，你應該聽說潘總去世了的消息吧？」

賈昊頓了一下，語氣變得沉重起來：

「我知道了，真是沒想到，老潘竟然會發生這樣的事情。哎，人世無常，人啊，有些時候還真是很難說啊。」

傅華也不免感傷起來：「潘總去世的那一晚還跟我通過電話來著，這麼活生生的一個人就沒了，我也覺得人啊，說不定下一刻就會發生什麼。」

賈昊似乎並不想跟傅華在電話上深入討論什麼，便說：「好啦，其他的話等我回去見面再談吧。」

賈昊就掛了電話。

傅華開始沉思起來，這段時間賈昊都經歷過什麼啊？潘濤的死會不會跟他扯上關係呢？賈昊在這次的事件當中究竟扮演了一種什麼樣的角色呢？這一次他真的會毫髮無損的過關嗎？

這些都是謎團，讓傅華困惑不已，特別是官方至今沒有公佈潘濤的死因是什麼，讓事件更是撲朔迷離。

到了趙凱家，趙凱已經等著他們了。

傅華給兩人作了介紹，趙凱說：「傅華，難怪很多人都說你們海川出美人，你這個老鄉真是很漂亮啊。」

方蘇高興地說：「謝謝趙叔叔誇獎了。」

趙凱又問了一些關於方蘇家裏的情況，知道方蘇的父親也是經商的，笑著說：「原來你父親跟我是同行啊。」

方蘇笑笑說：「我父親怎麼能跟方叔叔您比，您是大企業家，他不過是個小工廠的廠長而已。」

趙凱說：「其實都一樣，我當初也是從很小的一個企業發展起來的。」

兩人談的還算投機，趙凱不時在飯桌上夾菜給方蘇吃，還說方蘇既然跟傅華是老鄉，要她有時間多來找傅華玩，也要傅華對老鄉要多照顧，撮合兩人的意圖十分明顯，弄得傅華十分尷尬，他附和趙凱的話也不是，不附和也不是，只好含糊帶過。

為了轉換話題，傅華便提到賈昊來電話的事。

趙凱說：「這傢伙是沒事了才敢露頭的。我一個朋友跟我說，潘濤是調查賈昊最關鍵的一個點，很多事情賈昊都是通過潘濤辦理的，現在潘濤一死，線索就斷了，有關賈昊的調查也就只能終止了。」

傅華聽了說：「等於說潘濤這一死救了賈昊啊。」

趙凱說：「豈止是救了賈昊，還救了頂峰證券和一大批人，你知道多少公司通過頂峰處理證券業務嗎？潘濤這一死，帶走了很多的秘密，對頂峰證券的調查也無法進行下去了。現在還有輿論說，是有關部門過於嚴格的調查才逼死了潘濤，又批評對證券公司過於嚴格的管理會不利於整個金融經濟的發展。」

傅華好奇的問道：「這麼說，潘濤死亡的原因已經查出來了？」

趙凱說：「法醫說，是心肌梗塞導致潘濤死亡的。」

傅華又問：「能誘發心肌梗塞的原因很多，不知道法醫最終確定是什麼原因導致的？」

趙凱說：「原因現在無法確定，我朋友跟我說，由於潘濤的屍體被發現的很晚，法醫只能鑒別是心肌梗塞導致死亡，其他的無法判斷。」

傅華說：「那也就是說，潘濤究竟是自殺、他殺還是因病死亡很難確定了？」

趙凱說：「現在深圳警方已經排除了他殺的可能，自殺也沒有什麼相關的佐證，最後只能確定是因病死亡。」

傅華說：「這豈不是又成了一宗謎案？」

趙凱說：「所以傳聞說什麼的都有，有人說潘濤是為了保存家族的勢力自殺的，也有說是某些人因為害怕潘濤會把他們招供出來，找人謀殺他的，就是沒人相信潘濤是因病自然死亡的。」

傅華說：「現在大眾對官方普遍有一種不信任感，盛行陰謀論，只要是官方做出的結論，都會心存懷疑，認為是一種陰謀。爸爸，你覺得潘濤是怎麼死的？」

趙凱說：「我認為潘濤還是因心臟病死亡的，因為其他的說法並沒有什麼有力證據。誒，方小姐，你聽我們爺倆說這些，是不是很無聊啊？」

方蘇笑說：「不會啊，挺有意思的。」

傅華笑笑說：「你現在知道這社會的複雜了吧？」

方蘇看了看傅華，說：「我早就知道這社會是很複雜的，你覺得我父親的事，還不足以讓我認識到這一點嗎？」

趙凱看看兩人，說：「你們在打什麼啞謎啊？有什麼是我不知道的嗎？」

方蘇就講了她父親的事，以及傅華怎麼搭救他們的經過。趙凱看著傅華，說：「原來你們是這麼認識的。」

從趙凱家出來，已經是十點多了，方蘇對趙凱接受她感到很開心，她覺得又掃清了一個她跟傅華交往的障礙，一路上都顯得很興奮，嘰嘰喳喳說個不停。

到了方蘇的住處，傅華停下車，方蘇看著傅華，說：「我今天也算幫了你一個忙，你應該謝謝我吧？」

傅華說：「你要我怎麼謝你？」

方蘇笑笑說：「我要你送我上去。」

傅華笑著說：「這簡單。」傅華就把方蘇送到了她家的門口。

方蘇開門的時候，傅華說：「你好好休息，我回去了。」

方蘇回身抓住了傅華的胳膊，說：「你急什麼，進來坐一下再走吧。」

方蘇這時已經把門打開了，拽著傅華進了屋，傅華不好太過掙扎，心想也就是坐一會兒而已，就跟著方蘇進了屋。

沒想到進屋之後，方蘇並沒有開燈，而是直接撲到了傅華的懷裏，緊緊地抱住傅華，送上了熱吻。

一股純情少女的清香氣息籠罩住傅華，他不禁神魂顛倒起來，他已經很久沒有這麼親密的接觸過女人的身體了，在那一剎那，他有回吻方蘇的衝動。可是，傅華並沒有完全失去理智，他把嘴唇掙開，硬生生的把纏繞他的兩隻胳膊解脫開了。

方蘇不甘心，還要再纏繞上來，傅華趕忙制止說：「好啦，停止，不要再動了。」

方蘇說：「傅華，你幹什麼？你沒看趙叔叔今天已經接受我了嗎？」

傅華說：「不是的，方蘇，你別這樣，我們是不適合的。」

方蘇叫說：「什麼不適合？你未娶我未嫁，我不知道這有什麼不適合的？我不夠漂亮嗎？」

傅華努力開導著方蘇，說：「你不要太衝動，我知道你喜歡我，但是你有沒有想過，這也許只是你一種感恩報恩的心態，等過了這段時間，你理智一些，就會知道我們其實並不適合的。」

方蘇看著傅華，說：「你不用找這麼多藉口了，你根本就是在嫌棄我，你認識我的時候，我正被常志騷擾，你當時就對我愛理不理的，你心裏肯定是覺得我很髒。」

傅華苦笑了一下，說：「我對你愛理不理，是因為我誤以為你是常志找的小姐。」

方蘇激動地說：「可是你心裏的誤會還是沒有消除，你還是覺得我被常志碰過，覺得我髒。」

傅華趕忙說：「真的沒有，你怎麼會這麼想呢？」

方蘇說：「那你證明給我看。」

方蘇說完，再次靠近了傅華，說：「我要你抱我，親我。」

傅華往後退了一步，說：「方蘇，你理智一點，我們不適合的。」

方蘇狠狠瞪了傅華一眼，說：「我就知道是這樣，傅華，你走吧。」

傅華無奈地苦笑了一下，他沒想到事情會鬧成這個樣子，可是他留下也沒什麼用處，就打開門走了出去。

關門的時候，方蘇在後面跺了一下腳，大聲叫道：「傅華，我恨你！」

第二天臨近中午，徐筠打電話來，劈頭就問說：「傅華，昨晚你和那個小妹妹去見趙婷的爸爸見得怎麼樣啊？」

傅華笑了笑說：「也沒怎麼樣啊，就是一起吃頓飯而已。」

徐筠開玩笑說：「你這個前岳父是什麼意思啊，自己女兒跟人家跑了，他就想幫你撮合做補償嗎？」

傅華笑說：「你別這麼說我爸爸，他對我還是很不錯的。」

徐筠說：「別爸爸爸爸的叫了，人家的女兒可是跟你離婚了。你說這小婷也真是，不知道犯了什麼邪了，怎麼就會看上了一個老外呢？」

傅華笑了起來，說：「好了，筠姐，那是趙婷自己的選擇，我們就別去管她了。」

徐筠打抱不平說：「我是替你不值。誒，你昨晚跟那個小妹妹有什麼發展嗎？」

傅華說：「沒有，跟你說她是我的老鄉，沒別的關係的。」

徐筠聽了說：「那就好。說實話，傅華，那個女孩有點太嫩了，不適合你的。」

傅華笑說：「筠姐，你打電話來，就是想跟我說這個嗎？」

徐筠說：「也不是啦，大家算是老朋友啦，這麼久沒見面，就想找你一起吃頓飯，聊聊天，不知道你這個帥哥可否賞臉啊？」

傅華說：「筠姐要請客，我哪敢不到啊？說吧，在什麼地方？」

徐筠滿意地說：「算你小子上道，去『崑崙』的四季花園咖啡廳吧。」

中午，傅華依約來到了四季花園咖啡廳。「四季花園」帶有濃郁的歐式風格，開闊的空間，石池水林，一道弧形的樓梯把客人引導到半空的涼亭，亭蓋是由輕柔的紗幔構成，亭子四周的紗簾半遮半掩，情調甚是浪漫。

傅華遠遠就看到徐筠坐在那兒，她也看到了傅華，向他招了招手，傅華就走向徐筠。

徐筠並不是一個人，正和一個女人坐在一起聊得很開心。那女人背向著傅華，他並沒有看到她的臉。

傅華走到徐筠的面前，笑著說：「筠姐，你真會找地方，這麼好的地方倒很適合談情說愛，是不是你常來跟什麼男人相會啊？」

徐筠說：「傅華，你也不看誰在這兒，就來胡亂開玩笑？」

這時，那背對著傅華的女人說：「筠姐，原來你約的是傅華啊？你怎麼不早說啊！」

傅華被這聲音震了一下，這聲音再熟悉不過了，怎麼徐筠竟會把鄭莉找了來?!他低頭去看，在四目相交的一剎那，傅華被定住了，鄭莉還是那個樣子，淡靜高雅，時光就好像定格一樣，似乎鄭莉一直就在那兒。

徐筠笑著說：「傅華，你發什麼呆啊，不認識啦，還不趕緊坐下？」

傅華趕緊說：「是鄭莉啊，真是好久不見了。」

鄭莉也笑了笑說：「是呀，傅華，我們真是好久不見了，你還好吧？」

一句平淡的還好吧，傅華卻被勾起了滿腹的傷心事，這段時間的委屈在這一剎那浮上了心頭。這些都是他在心裏壓抑了很久的東西，突然被一個曾經跟他很親切很熟悉的人問起，不由得百感交集，一時竟然不知道該如何措辭啦。

徐筠埋怨說：「鄭莉你也是的，傅華的近況我又不是沒告訴你，你問他還好嗎，豈不是要勾起他的傷心事嗎？這還用問嗎，他現在肯定不好。好啦，我們老朋友相聚，說點高興的事情好不好？」

徐筠的話讓傅華的情緒緩衝了一下，笑了笑說：「看筠姐說的，我還沒慘到那樣好嗎？」

徐筠說：「你有沒有慘到那樣，你心裏清楚。你和鄭莉很長時間沒聯絡了，還不好好聊聊？」

傅華看了看鄭莉，正好鄭莉也在看他，他心中又是一陣慌亂，趕忙把眼神躲閃開了。

傅華稍稍平靜了一下心情，說：「我真沒想到會在這裏看到你，原本筠姐說是約我出來聊天的。」

徐筠笑說：「我可沒撒謊，我不過是沒告訴你我還同時約了別人而已。」

鄭莉說：「筠姐也沒告訴我你要來，她只說還有一個朋友要來。」

徐筠笑笑說：「我是覺得大家都是老朋友了，沒必要一一交代清楚吧？」

鄭莉抱怨說：「既然大家都是老朋友了，你就更不應該弄什麼玄虛了，難道你說了傅華要來，我就會不來嗎？」

鄭莉明白徐筠約他們兩個見面是什麼意圖，鄭莉曾經告訴過徐筠她和傅華之間的事，因此徐筠很明白鄭莉對傅華的心情。

傅華也知道徐筠要撮合他和鄭莉的意思，可是他現在的心情要複雜得多，他曾經為了趙婷拒絕過鄭莉，此刻趙婷拋棄了他，如果他再回過頭來去追求鄭莉，鄭莉對他會是一種什麼樣的看法呢？而且時過境遷，鄭莉對他是不是還有那種情愫在呢？

這一切都讓傅華的心情很忐忑，雖然他在看到鄭莉的那一刻，便明白自己對她的那種感覺並沒有消失。

徐筠說：「鄭莉啊，我不過是少了一句話而已，你不至於會怪我吧？」

「不會，我只是覺得好好的一場老朋友見面被你弄得氣氛怪怪的，」說著，鄭莉又看著傅華，說：「傅華，我聽說趙婷給你生了一個兒子，叫什麼名字啊？」

傅華說：「他叫傅昭，我手機上有他的照片，你要看嗎？」

鄭莉點點頭說：「快點給我看。」

傅華就把手機遞給鄭莉，鄭莉看了說：「挺漂亮的，眼睛像你，鼻子嗎，就像小婷。」

徐筠在一旁說：「我看看。」

鄭莉就把手機遞給徐筠，徐筠看了說：「不對，不對，鼻子我覺得也像傅華。」

兩個女人就對傅昭的長相開始討論了起來，母性讓她們對孩子天生有一種熱情，反而把傅華晾在了一邊。

過了一會兒，徐筠把手機遞還給傅華，問說：「你兒子挺可愛的，他今後要一直跟著趙婷生活嗎？」

傅華點了點頭：「是，我現在要見他一面都很難，也不知道他將來對我這個父親會怎麼看？」

徐筠安慰傅華說：「父子是血脈相連的，即使你們沒有生活在一起，他跟你還是會很親的。」

鄭莉不禁感慨道：「傅華，你怎麼弄成今天這個樣子了？不應該啊。」

傅華不想在鄭莉面前指責趙婷，苦笑了一下，說：「我也不知道為什麼，就像我也不知道當初為什麼趙婷會喜歡上我一樣。」

鄭莉笑說：「愛情的原因是『我不知道為什麼』，而愛情的結果又是可怖的。」

傅華知道鄭莉說的是帕斯卡《思想錄》上的話，便順口接了下去：「這種『我不知道為什麼』是細微得我們無法加以識別的東西，它卻動搖了國家、君主、軍隊、全世界。」

鄭莉說：「你還在看帕斯卡啊？」

傅華笑笑說：「跟你說過了，那是我的枕邊書。」

徐筠看看兩人，說：「誒，我還坐在這裏啊，你們在我面前說些莫名其妙的話，是打什麼啞謎啊？」

鄭莉笑說：「沒有啦，筠姐，我們只不過背了我們共同喜歡的一本書上的一句話而已。」

徐筠看看兩人，笑著說：「你們倆啊，淨弄些奇奇怪怪的事情。」

徐筠的笑容裏充滿了曖昧的意味，在她看來，眼前這一對男女很可能是愛火重燃了。

傅華被看得很不好意思，便說：「筠姐，我們也是好久不見了，你最近怎麼樣啊？」

徐筠打趣說：「你現在才想起我來了？是不是有點晚啊？」

傅華笑說：「晚了嗎？是不是筠姐已經結婚了，我沒來得及給你送禮啊？」

徐筠臉色一下子變了。

鄭莉瞪了傅華一眼，說：「傅華，你怎麼哪壺不開提哪壺啊？筠姐結什麼婚啊？」

徐筠苦笑了一下，說：「算了算了，鄭莉，傅華也不過是開個玩笑而已。」

看來徐筠還是沒走出之前感情的陰影，傅華連忙道歉說：「對不起啊，筠姐。」

徐筠笑笑說：「好啦，姐姐我是吃一塹長一智，再不去相信什麼臭男人啦，結什麼婚吶，我一個人多好啊。」

鄭莉立即附和說：「是呀，筠姐說得對，男人是靠不住的。」

傅華尷尬的說：「我怎麼覺得我今天來得有點不太合適啊。」

徐筠笑了，說：「傅華，你不用緊張，你算是例外。好啦，叫東西來吃，我有點餓了。」

三人就各自叫了餐點，邊聊邊吃。吃完之後，徐筠說自己要去辦點事，不能送鄭莉回去，讓傅華送鄭莉。鄭莉雖然知道這是徐筠故意給兩人製造機會，不過也沒矯情，接受了下來。

由於沒有了徐筠的介入，在回去的路上，鄭莉和傅華反而有些尷尬，傅華沒話找話的問了一些鄭老的近況，就把鄭莉送到了目的地。

鄭莉下了車，飄然而去，傅華坐在車裏悵然若失。雖然重逢的感覺很好，可是剛才鄭莉的表現完全是在朋友的界限之內，傅華也不清楚自己是否有再進一步的空間，加上鄭莉身後強大的背景，本來傅華對鄭莉就有些自愧不如的感覺，現在又成了離了婚的男人，更是沒有擁有鄭莉的可能。

算了！他暗自想，徐筠雖然是一番好心想要撮合，自己還是不要去癡心妄想了。

兩天後，賈昊回京了，當晚就約傅華一起吃飯。

傅華見到賈昊時，賈昊的臉上明顯一副鬱鬱的樣子，再也不復以往那種神采飛揚的光采，看來這番調查對賈昊的打擊還是很大的。

賈昊淡淡的笑了笑，讓傅華坐下，給傅華填滿了酒，然後端起酒杯，碰了一下傅華的酒杯，說：「先乾了這一杯。」說完，沒等傅華反應，就先把杯中酒乾掉了。傅華沒辦法，只好跟著乾了。

賈昊給兩人填滿了酒，隨即仰脖又把杯中酒給乾掉了，緊接著又將第三杯倒滿了。

他拿起杯子還要乾時，傅華看不下去了，急忙抓住了賈昊的手，說：「師兄，你不能這個樣子啊，這麼喝很傷身體的。」

賈昊甩開了傅華的手，仰脖喝掉了第三杯，然後抱頭痛哭起來。

一旁的傅華有些傻眼，只好勸慰賈昊說：「師兄，你別這個樣子，心中有什麼苦楚說出來，別這麼糟蹋自己。」

賈昊卻沒有停下來的意思，傅華的勸說反而讓他更加難過，竟然嚎啕大哭起來。傅華勸也不是，不勸也不是，坐立不安的看著賈昊。

他這時看賈昊真情流露就明白，賈昊並不是對潘濤的死不難過，他只是在別人面前無法表現出來而已。幸好他們吃飯的地方是一間雅座，隔音效果還不錯，飯店的人並不清楚裏面發生了什麼事，不然的話，傅華還真是不知道該怎麼辦了。

良久，賈昊止住了哭聲，傅華把紙巾遞給他，他擦了擦眼淚，苦笑了一下，說：「小師弟啊，老潘這一走，我心裏很苦啊，我跟他可是十幾年的交情了。」

傅華勸道：「人死不能復生，師兄，你還是節哀吧。」

賈昊難過地說：「小師弟啊，你不理解我和老潘之間的感情，我們倆是從這證券行業還沒有什麼明確規則的時候，就在一起打天下了。我們合作過不少經典的案子，當然，那時候因為各方面規定還不是很明確，我們多少鑽了些空子，不過，當時的政策是允許我們那麼做的。現在有人想整倒我，就把這些舊賬翻了出來，想要藉調查老潘把我牽連進去。沒想到我沒事，反倒是讓老潘幫我擋了這一劫。哎，老潘是替我死的啊。小師弟，仕途險惡啊。」

傅華對賈昊這段歷史並不是很清楚，因此也無法對此表什麼態，只好靜靜地聽著賈昊一個人訴說。

賈昊喝了口水，經過這一番宣洩，他的情緒好了一些，看了看傅華，問道：「小師弟，我記得你跟我說，老潘死的那天晚上，跟你通過電話？」

傅華點了點頭說：「對。」

「他都說了什麼，有沒有什麼特別交代的？」賈昊問道。

傅華搖搖頭，說：「沒說什麼特別的，只是跟我說我守原則是對的，又說了些關於死亡的話題，最後又談了他的小兒子。」

傅華就把那晚潘濤講的話詳細的跟賈昊說了一遍，賈昊聽得很仔細。傅華講完後，他還問傅華是不是就這些了。

傅華說：「就這麼多。當時已經是深夜，潘總突然打電話來，又跟我談這麼令人心裏發毛的話題，所以我印象很深刻。師兄，你說他突然跟我談什麼死亡，是不是已經預感到了些什麼，或者他自己想要對自己做些什麼啊？」

傅華覺得潘濤不會無緣無故跟自己談什麼死亡，肯定是他想向自己表達什麼。

賈昊一聽臉色就變了，說：「你別胡說，警方已經確認潘濤死於心肌梗塞，你這麼說很容易混淆視聽的。」

賈昊緊張的樣子說明他對這件事情是有所擔心的，傅華聯想到外面的傳言，會不會是賈昊或者某些人為了保護賈昊，找人做掉了潘濤？

賈昊注意到傅華眼中閃過的懷疑，他說：「小師弟，我知道你可能對我有所懷疑，覺得我與潘濤的死有牽連。這你可搞錯了，我與潘濤的死並沒有任何關聯，相反，我是最不希望潘濤死的人。」

傅華愣了一下，說：「師兄，我不明白你的意思，外面都在傳說你是潘濤死亡最大的受益者，潘濤一死，很多秘密就隨他而去了，你就可以從這次調查中脫身了。」

賈昊說：「那是外面人膚淺的看法。你不知道，我跟潘濤是合作了很多事情，不過這些事情大多是在合法的框架下去做的，你想想，你也跟我合作過，哪一件不是合法的？」

傅華認真想了想，雖然不能說沒有什麼桌面下的交易，但是起碼從外在上看，自己通過潘濤找賈昊辦過的幾樁事情，倒還真是合法合規的。

傅華說：「這倒沒有。」

賈昊說：「你師兄我在這一行中也算是打滾多年，很多事情別人不知道合法與非法的界限，我是知道的，甚至很多政策，我就是參與制定者之一，你想，我來操作，會讓自己超出合法的邊界嗎？」

就傅華對賈昊的認識來看，賈昊確實是一個很謹慎的人，很多事情他都做得很小心，真想要抓他什麼把柄，是件很難的事情。

賈昊接著說道：「所以嘛，認真查下去，我應該不會有什麼問題的。但是老潘這麼一死，我反而很多事情很難說清楚了，有關方面雖然停止對我的調查，可是上級領導心中卻不會對我一點懷疑都沒有。」

賈昊這麼說，也不是一點道理都沒有，不過，傅華也不相信他和潘濤就一點違法的事情都沒做，不然的話，一開始調查時，賈昊和潘濤也不會那麼緊張。

賈昊嘆了口氣，說：「小師弟啊，這一次真正受害的人是我，我可能無法留在證監會了。」

傅華愣了一下，說：「師兄，你要被調離證監會？」

賈昊點點頭說：「某位領導私下跟我透漏了一點消息，說這件事情鬧得沸沸揚揚，對證監會影響很壞，再把我留在證監會，對各方面都不好交代。」

傅華趕緊問道：「那你要被調到哪裡去啊？」

賈昊說：「現在還不是很清楚，不過，你不用擔心你們海川重機重組的事，我就算不在證監會，人脈還在，這件事我已經安排好了，現在對我的調查既然結束了，你們重組的審批很快就會重新啟動的。」

傅華鬆了口氣，前幾天金達還問起重組的事情，他剛才還真擔心賈昊要是不在證監會的話，這件事情會徹底沒戲了。賈昊既然這麼說，事情反而有了解決的轉機。

傅華感激地說：「謝謝師兄還記得這件事情。」

賈昊苦澀地說：「這也算是幫老潘最後一個忙吧，頂峰證券因為老潘的死，也結束了調查，你們這筆業務也可以幫他們恢復一下元氣。」

「不知道頂峰證券會是誰來接潘濤的位置啊？」傅華問。

賈昊說：「我也不太清楚，老潘是頂峰證券的大股東，應該是他的家人來接這個位置的，我想這件事情很快就會揭曉的。」

基本上想要談的東西都已經談完了，兩人就悶悶的吃了點東西，結束了這頓晚宴，各自回家了。

第五章

愛火重燃

鄭莉抬起頭來去吻傅華的嘴唇，她的雙唇柔軟溫暖，
輕輕地觸碰著傅華的嘴，就像一汪平靜清澈的泉水。
傅華一陣心悸神搖，忍不住啜吸下去，
一股清冽甘甜的味道頓時讓他沉醉其間，不知道自己身在何處。

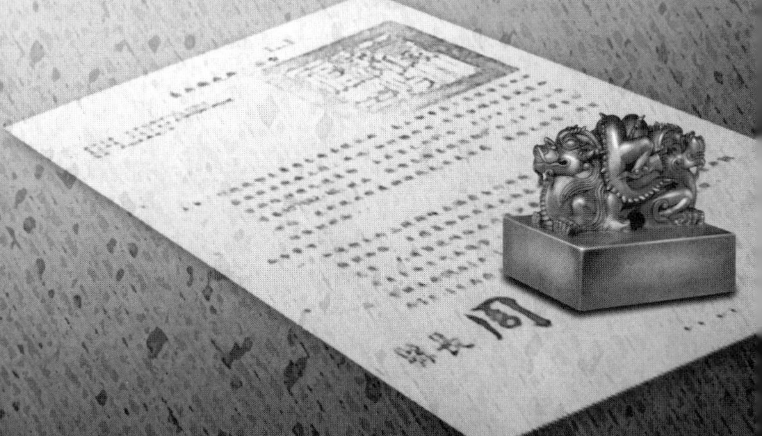

第二天，傅華打電話給談紅，問海川重機重組的事情，談紅說，現在證監會開始啟動審批了，不過海川重機重組批下來還需要一段時間，讓傅華耐心再等等。

傅華悶悶的放下了電話，這件事情已經延宕了很多時日，雖然賈昊答應他，說很快就有眉目，可是賈昊自己都有些自身難保，他的保證也很難做準的。

這時候有人敲門，徐筠走了進來。一看到傅華就說：「傅華，你什麼意思啊？」

傅華愣了一下，納悶地說：「筠姐，我怎麼了，我沒做什麼對不起你的事情吧？」

徐筠抱怨說：「我不是說你對不起我，我是說，我上次製造了那麼好的一次機會讓你跟鄭莉重新接上頭，你倒好，把人送回去之後就沒下文了。我看你也不是不喜歡她，可你這個樣子算什麼？你要人家鄭莉反過頭來追你啊？」

傅華說：「筠姐，我想你誤會啦，我不是那個意思，你知道，現在很多事情都發生了變化，我也不清楚她對我是什麼感覺了。」

徐筠聽了說：「傅華，你是男人嗎？你不清楚，難道就不能去問一下嗎？」

傅華苦笑說：「筠姐，你也知道我當初為了趙婷拒絕過鄭莉，讓鄭莉受過一次傷害，我再去問她，會讓我們之間的氣氛變得尷尬起來的。」

徐筠忍不住說：「哎呀，你就沒想過，為什麼你結婚這麼多年，鄭莉遲遲都沒找到另一半呢？如果她能對你忘情，也不會這麼痛苦了。你聽我的，傅華，你就大膽的去追求她，我相信她一定會接受你的。」

傅華猶豫地說：「能嗎？」

徐筠鼓勵說：「肯定能。你這個人啊，勇敢一點不行嗎？」

傅華說：「好，回頭我就約她。」

徐筠叫說：「怎麼還用回頭啊，你現在就給我打電話給她。」

傅華笑說：「筠姐，不用這麼急吧？」

徐筠催促說：「就是要這麼急，你打不打？你不打我可打了。」

傅華趕忙說：「好啦，怕了你，我打就是了。」

傅華就撥通了鄭莉的電話，鄭莉說：「傅華，找我有事啊？」

傅華說：「沒什麼事情，你在忙什麼？」

鄭莉說：「公司上的一些事而已。」

傅華又說：「哦，你那個品牌的衣服，經營的還好吧？」

鄭莉笑笑說：「你還記得我的品牌啊，還不錯啊。」

徐筠看傅華東拉西扯的，就在一旁低聲說：「你快約她啊，這麼多廢話幹什麼？」

傅華看了徐筠一眼，然後對鄭莉說：「鄭莉，你晚上有時間嗎？」

鄭莉頓了一下，說：「有什麼事嗎？」

鄭莉並沒有說有空或者沒空，傅華心裏緊張起來，他知道這時他被拒絕或者接受的可能性是一半一半，便看了一旁直瞪著自己的徐筠，心想：就一錘子買賣，還是該鼓起勇氣約她，如果鄭莉說沒空，自己也算對徐筠有了交代。

傅華說：「我很想跟你聊聊天，晚上能出來嗎？」

傅華話一說出口，心就懸了起來，他這時才知道自己其實很怕被鄭莉拒絕。

鄭莉猶豫了一下，說：「你想去哪裡？」

傅華心裏鬆了口氣，鄭莉並沒有拒絕，便笑笑說：「你說呢？」

鄭莉想了想，說：「去後海的『紫晶球』吧，那裏環境不錯。」

傅華說：「好，那我晚上去接你。」

鄭莉說：「不用了，我們在『紫晶球』碰面就好了。」

傅華放下電話，看了看徐筠，說：「好啦，約出來了。」

徐筠笑笑說：「你這個人啊，就得別人在後面推一把。」

晚上，傅華去了「紫晶球」。這是一個紫色調的酒吧，四合院的現代設計，中間天花板是大塊的採光玻璃和一條長長的紫色紗幔作為裝飾。吧內最搶眼的是那台有愛琴海風格的白色鋼琴，鋼琴師是一個瘦小文弱的年輕人，晚上每個座位上都會有一盞小小的蠟燭杯，光線很暗，所以眼神很容易就變得曖昧和迷離起來。

鄭莉還沒有來，傅華找了個座位坐下來。沙發坐起來很舒服，是一個讓人感覺很舒適的地方。傅華叫了杯咖啡，靜等鄭莉的到來。

鄭莉來的時間比預定的要晚，傅華看到她在門口的身影，立即站起來招手讓她過來。

鄭莉走到傅華對面的沙發上坐了下來，說：「臨時有點事情遲到了，不好意思啊。」

傅華說：「只要你能來就好。喝什麼？」

鄭莉也點了一杯咖啡，傅華又叫了一個果盤，就在曖昧迷離的燭光之下看著鄭莉。燭光下的鄭莉神情淡淡的，似近還遠，越發讓傅華感覺不可捉摸。

鄭莉被看得不自在起來，笑了笑說：「你不是說要來聊天的嗎？怎麼來了也不說話，就是看著我？」

傅華不好意思地說：「其實是我不知道該跟你說些什麼。」

鄭莉笑了，說：「你真是有趣，不知道該說什麼，那約我出來幹什麼？」

傅華苦笑了一下，說：「沒來之前，我心裏似乎有很多話要跟你說，可是真正見了面，我卻發現不知道該從何說起了。」

鄭莉看了傅華一眼，淡淡的說：「那就慢慢說吧，我們有一晚的時間。」

傅華說：「你還好嗎？」

鄭莉說：「我一直都不錯啊。」

鄭莉老是這麼淡淡的，傅華心情就沉到了谷底，鄭莉這個樣子，表示她可能根本就忘了原來那段感情，也許今晚她根本就不想來，所以才會磨蹭那麼久才出現。

也難怪，當初是自己拒絕了她，現在被人拋棄了才回過頭來去追求她，換到自己，也是不會接受的。傅華有些沮喪，不過也有些輕鬆了下來，現在鄭莉一副不把自己放在心上的樣子，他正好就此打消念頭，就當今晚是老朋友的一次聚會聊天好了。

傅華說：「鄭莉啊，這幾年你還去過海川掃墓嗎？」

鄭莉點點頭，說：「去啊，每年爺爺都讓我回去的。」

傅華笑笑說：「那你怎麼也不跟我說一聲？」

鄭莉說：「爺爺不讓的，他說，如果跟你說了，一定會驚動地方，反正我也熟悉路了，就自己過去了。」

傅華說：「鄭老就是這個樣子，總是不想驚動地方，也不想你一個人回去方不方便。」

鄭莉笑了笑說：「也沒什麼不方便的，其實我都當是去海川旅遊一樣的，海川的風景很優美，每一次我都玩得很高興。」

傅華說：「看來你是喜歡上海川了。」

鄭莉笑笑說：「這倒確實是。」

這個話題到此算是結死了，兩人之間出現了一陣短暫的沉默。

傅華感覺到氣氛的尷尬，趕緊又找了一個新的話題：「鄭莉啊，你的『莉』品牌經營的不錯，有沒有想擴大經營啊？」

鄭莉感到傅華是在沒話找話，便說：「傅華，是不是我讓你沒有什麼話可說啊？」

傅華靦腆地說：「被你看出來了，其實我有點後悔今晚約你出來。」

鄭莉說：「我不是這麼討人嫌吧？」

傅華說：「不是你的問題，原本我還以為我可以重新面對你，可是今晚你遲遲不來，就已經打掉了我僅有的一點自信，現在你又是一副淡定的樣子，我心裏就更沒有了底氣。鄭莉，你是不是原本就不準備來啊？」

鄭莉看了看傅華，說：「你說呢？」

傅華尷尬的說：「鄭莉，我已經知道是自找沒趣了。」

鄭莉說：「那你怎麼打算？以後再也不見我了嗎？」

傅華乾笑了一下，說：「那不至於吧？」

鄭莉看著傅華，說：「那你以後見了我怎麼說？又問我要不要擴大品牌經營嗎？」

傅華被譏諷的有點惱火了，說：「鄭莉，你不用這樣子吧？我承認那天在見到你的一剎那，發現自己心中還是有你一塊位置在的，因此雖然知道很多事情時過境遷了，卻還是壯起膽子約你出來。現在我已經跟你承認是我自討沒趣了，你還想怎麼樣？」

鄭莉笑了，說：「這麼說，我還應該對你這麼給我面子感恩了？你壯起膽子，哇塞，我有這麼可怕嗎？需要你壯起膽子才敢來跟我見面嗎？」

傅華也笑了，說：「反正今天我是自討沒趣，今晚就聽你大小姐教訓好了，如果你教訓我能出口氣，也算我做了一件好事。」

鄭莉說：「你沒說實話，你這個沒趣不是自己想要討的，是被人趕鴨子上架吧？」

傅華愣了一下，說：「筠姐跟你說了？」

鄭莉說：「筠姐打電話跟我說，她好不容易才說動你打電話約我，要我一定要好好把握住機會。」

傅華自嘲說：「你也確實沒浪費機會，我現在感覺自己被你收拾得有點無地自容了。」

鄭莉說：「那也是你活該，當時筠姐掛電話之後，我心裏十分氣憤，我鄭莉在你心裏算什麼，還需要筠姐逼著你才肯約我？當時我就有心不來赴這個約會，把你晾在這裏。」

傅華叫屈說：「這一點你會錯意了，她只不過是看透了我心中的畏懼而已。我告訴你你在我心目中算什麼吧，從我認識你的那一天起，你就是一個家世背景很好，又很有頭腦的女孩子。而我呢，只不過是一個剛到北京，還沒什麼根基的小官僚而已。我知道自己配不上你，所以把對你的好感壓在了心底。後來，你跟趙婷成了好朋友，我也跟趙婷結了婚，就更沒有理由去接近你了。這次筠姐安排我們見面，我感覺到自己還是很喜歡你，同時，心中也明白我比以前更配不上你了，你的家庭也不會接受這麼好條件的你嫁給一個離了婚的男人吧，所以老實說，如果不是筠姐逼我，我還真不敢約你出來。這就是我心中真實的想法，我想你今天收拾我也該夠了，我可以離開了嗎？」

鄭莉說：「傅華，你是不是覺得自己很委屈？可是你問過我的想法嗎？」

傅華苦笑了一下，說：「這還用問嗎？你今天對我根本就是一副無關痛癢的樣子，我知道有些事情過去就過去了，不可能再挽回了。」

鄭莉語帶埋怨地說：「你知道什麼啊？我對你很冷淡，是因為我實在對你太生氣了。傅華啊，你不覺得你這個人缺乏一點勇氣嗎？我們第一次陪爺爺回海川的時候，彼此都明白互相喜歡對方，那時候你如果多一點勇氣，主動來追求我，我們可能早就在一起了。就因為你的遲疑，讓我們後來都很痛苦。但是你還是沒有勇氣面對你心中真正想要的東西，即使我向你說明了我是喜歡你的。現在你離婚了，我們在一起的障礙應該沒有了，你卻又來身分地位這一套，你又畏縮了。傅華啊，你還想等什麼？你要達到什麼條件才覺得你可以跟我在一起啊？你如果想跟我家做到門當戶對，我估計你這輩子都沒機會了。傅華，你已經害我痛苦了這麼多年，到底你還要讓我再痛苦多少年才肯甘休啊？」

鄭莉這番話說完，傅華呆在了那裏，原本他覺得是自己受了委屈，原來自己讓鄭莉受的委屈更多。

他看著鄭莉，說：「對不起，是我太笨，沒有早一點知道你對我的心意。」

鄭莉怨懟地說：「不是你太笨，是你太懦弱了。」

傅華立即抓住了鄭莉的手，說：「是我不好。」

鄭莉說：「那些都是過去的事情了，關鍵是今後你要拿出些勇氣來。」

傅華堅決的點了點頭，說：「你放心，我一定不會再放你離開我的身邊了。」

鄭莉笑了笑說：「可剛才是誰問我他是否可以離開了呢？」

傅華不好意思說：「好啦，我都跟你承認是我笨了。」

鄭莉有些黯然地說：「其實笨的是我，都過去這麼多年了，我還是沒有把一個笨蛋給忘記。」

傅華笑說：「我們倆笨到一起了，那就更注定是一對了。」

傅華說完，伸手去攬住鄭莉的肩膀，鄭莉矜持了一下，可架不住傅華的堅持，最終還是被傅華攬進了懷裏。兩人就在燭光中靜靜地依偎著，誰也不說話，可心裏都有一絲甜意，鋼琴聲越發悠揚，時光好像靜止在這一刻了。

不知道過了多久，傅華的手機響了起來，兩人從夢幻中醒了過來。

傅華看了看來電號碼，是徐筠的電話，不知道她這麼晚打來幹什麼，傅華看著鄭莉，問：「接不接啊？」

鄭莉說：「接吧，筠姐肯定是想問我們這晚談的怎麼樣。」傅華就接通了。

還沒等傅華說話，徐筠就說道：「傅華啊，你跟鄭莉談的怎麼樣啊？她沒鬧什麼小脾氣吧？」

傅華笑說：「怎麼了筠姐？」

徐筠懊惱地說：「是我不好，我把我逼你給她打電話的事情跟她說了，本來是想讓她知道機會來之不易，可是鄭莉這小妮子會錯了意啦，她以為你並不想約她，所以我聽她最後說話的語氣有些氣哼哼的。」

傅華衝著鄭莉眨了眨眼睛，裝作嚴肅的對徐筠說：「我說呢，為什麼這晚鄭莉對我都板著面孔呢，走的時候也是不冷不熱的。哎呀，筠姐，可叫你害慘了，我好不容易才敢約她一次，就這樣被你毀了，你讓我下次怎麼約她啊？」

徐筠上當了，說：「真的嗎？鄭莉這個小妮子，脾氣就是大，她明明是喜歡你的，還跟你計較這麼多，你等著，明天我就去找她，好好說說她。我好不容易才製造出這個機會來，她怎麼就不知道把握呢？」

在一旁貼著耳朵聽的鄭莉怕徐筠再說出自己更多喜歡傅華的心事，不敢讓傅華把這個玩笑繼續開下去，便在一旁說：「筠姐，你可不能這樣出賣好姐妹吧？」

徐筠被鄭莉弄得愣了一下，旋即明白自己是被兩人捉弄了，便笑著說：「哈哈，鄭莉啊，你和傅華很不夠意思啊，不好這麼捉弄我這個媒人吧？」

鄭莉嘿嘿笑了起來，說：「誰叫你在人背後說人壞話呢！」

徐筠說：「我那叫說你壞話嗎？我說的可是實情，你這傢伙不感謝我，還來捉弄我，你看我不把你所有的事情都告訴傅華。」

鄭莉告饒說：「好啦，好啦，謝謝你了筠姐，行了嗎？」

徐筠故意說：「就這麼謝我啊？一點誠意都沒有！」

鄭莉笑說：「那筠姐你想要什麼樣的誠意呢？」

徐筠想了想說：「起碼你們兩個請我吃頓飯什麼的啊？」

鄭莉說：「筠姐，你這可有點敲詐的嫌疑啊。」

徐筠笑說：「不請是不是，好哇，你讓傅華接電話，看我跟他怎麼說。」

鄭莉笑笑說：「好啦，我請還不行啊，你想什麼時間啊？」

徐筠說：「那就明天吧。」

鄭莉說：「行。」

徐筠說：「你把電話給傅華，我還有點事情交代他。」

鄭莉說：「可不許嚼我的舌頭啊！」

徐筠笑說：「好啦，不會的。」

鄭莉就把電話交給傅華，傅華笑說：「筠姐，你怎麼這麼輕易就被鄭莉收買了，我還想從你那裏聽到更多她的事情呢。」

徐筠笑笑說：「你別想得美了，我們是姐妹，豈有不幫自己人幫外人的道理？好了，傅華，我可跟你說，鄭莉是我的好妹妹，她能喜歡你這個傻小子，是你的福氣，今後可不准欺負她，否則我第一個不會放過你的。」

傅華說：「我哪敢啊。」

徐筠說：「不敢最好。」徐筠就掛了電話。

傅華吐了吐舌頭，對鄭莉說：「筠姐真是好厲害啊。」

鄭莉笑笑說：「你可要小心啦，如果你對不起我，她第一個不會放過你的。」

鄭莉看了看時間，說：「很晚了，我要回去了。」

傅華說：「那我送你。」

鄭莉說：「不用了，我開車來的。」

兩人就出了「紫晶球」，傅華將鄭莉送到了車邊，鄭莉回頭看了看傅華，說：「傅華，你不會回去睡一覺又退縮了吧？」

傅華拉住了鄭莉的手，說：「絕對不會的，我們經歷了這麼多事才又在一起，我怎麼會再退縮呢？你放心，我會拿出男人的勇氣來，說什麼也不會再錯過你了。」

鄭莉看著傅華的眼睛，說：「我希望你記住你今天說的話，不管什麼時候都要拿出你男人的勇氣來。」

傅華點了點頭，說：「一定。」

鄭莉就抬起頭來去吻了傅華的嘴唇，她的雙唇柔軟溫暖，並不像趙婷和曉菲那樣富有侵略和挑逗性，而是輕輕地觸碰著傅華的嘴，就像一汪平靜清澈的泉水，靜靜的，就在傅華的嘴邊等待著他。

傅華一陣心悸神搖，忍不住啜吸下去，一股清洌甘甜的味道頓時讓他沉醉其間，不知道自己身在何處。

有人過來取車，鄭莉輕輕推了一下傅華，傅華這才捨不得的放開了鄭莉，鄭莉滿臉暈紅，說：「好了，很晚了，回去吧。」

傅華說：「我要看你先走。」

鄭莉就先上了車，搖下車窗，伸手跟傅華打招呼，傅華過去拉住了她的手，鄭莉說：「記住，你要拿出勇氣來，跟我面對將來的一切。」

傅華點了點頭，鄭莉這才鬆開手，發動車子離開了。

直到鄭莉的車子開到看不見了，傅華這才上了自己的車，回了家。

到家之後，傅華趕緊撥通了鄭莉的電話，問：「你到家了嗎？」

鄭莉說：「我到了，你也到家了嗎？」

傅華說：「我也到家了。鄭莉，我跟你說，今晚是我這段時間以來最興奮最甜蜜的一晚。」

鄭莉笑笑說：「我也是。好了，你早點休息吧，明天還要上班呢。」

傅華說：「我不知道今晚我是否能睡得著，早知道不放你回去了。」

鄭莉嬌嗔說：「你想得美。」

傅華笑說：「我是說我們就在酒吧裏聊一晚上，你想到哪裡去了。」

鄭莉便有些羞意，說：「你這傢伙！好啦，明早還要上班，聽話，早點休息。」

傅華這才掛了電話。這一夜他興奮了很久才睡了過去。

中午，當傅華和鄭莉手拉著手出現在徐筠面前的時候，徐筠故意取笑說：「你們非要這麼甜蜜嗎，這豈不是要讓姐姐我心裏酸溜溜的。」

鄭莉趕忙鬆開了傅華的手，兩人一起坐到了餐桌旁，傅華笑著說：「筠姐，你如果羨慕我們，天下好男人多的是，你也可以再找嘛。」

徐筠笑笑說：「傅華，你小子這就不夠意思了，取笑我是吧？」

傅華擺擺手說：「我可不敢。」

鄭莉在一旁說：「筠姐，其實傅華說的也不是沒道理，我覺得你也應該邁過老董那道坎了，重新開始自己的生活。」

徐筠苦笑著說：「我也想啊，可是也要能遇到好男人才行啊。這世界上能遇到一個喜歡自己、自己也喜歡的人是不容易的，你們倆可要珍惜彼此啊。」

傅華和鄭莉甜蜜的看著對方，嘴裏雖然沒說什麼，手卻已經在桌子下再次緊緊地握在了一起，他們都知道這段感情來之不易，因此心中就有更加珍惜對方的感覺。

下午吃完飯回來，傅華意外接到了張凡教授打來的電話。張凡說：「傅華啊，你可有段日子沒來看我老頭子了。」

傅華趕忙說：「對不起啊，老師，我最近雜事比較多了一些。」

張凡說：「你不用緊張，我並沒有怪你的意思，你要工作，又有很多私事要處理，沒時間也很正常。」

傅華說：「沒去看您總是不應該，對了，老師你找我有事嗎？」

張凡說：「你晚上有時間嗎？我有些話要跟你談。」

傅華立刻說：「那我晚上過去找老師。」

晚上，在張凡家的書房。傅華看老師嚴肅的樣子，知道老師要跟他談的是很重要的事情，神色不由得也跟著凝重了起來。

張凡看了看傅華，傅華在張凡審視的目光下，渾身都有點不自在起來，小心翼翼的問道：「老師，是不是我做過什麼事情讓你不滿意了？」

張凡並沒有回答傅華的問話，而是開口問道：「傅華，你最近見過賈昊嗎？」

賈昊最近被調查這件事情鬧得很大，潘濤也因為這件事而死，張凡突然問起賈昊來，傅華心裏不由得有些緊張，他偷眼看了看張凡，見張凡雖然神色凝重，卻並沒有要發火的意思，便老實的承認自己前幾天見過賈昊。

張凡說：「那也就是說，賈昊最近發生的這些事情你都知道了，是吧？」

傅華點了點頭，說：「師兄跟我說了，老師，其實師兄並不是一個胡作非為的人，他的一些做法也是情有可原的，當時的政策並不是那麼嚴格，所以你想要他的行為那麼規範，顯然是不太可能的。」

傅華知道張凡對賈昊這些年的作為很不滿，這麼說也有幫賈昊解釋的意思。

張凡看了看傅華，說：「賈昊的事情先放到一邊，據我所知，你也通過賈昊和頂峰證券辦過幾樁事情，你跟我說實話，你在其中有沒有做過什麼違規的事？」

傅華笑了笑：「老師，您又不是不瞭解我，我怎麼會做那種事情呢？」

張凡嚴肅地說：「你別給我嘻嘻哈哈，你就告訴我有沒有就好了。」

傅華看張凡一臉肅容，不敢再嘻笑了，老實地說：「沒有啦，老師，其實那幾樁事情，我只不過是起了一個介紹雙方認識的作用，具體的事務我是沒參與的。」

張凡說：「那你有沒有從中得到什麼好處？」

傅華搖搖頭，說：「我沒有謀取任何一點利益，其中有一家要送我股票，被我回絕了；另一家想贊助我一筆資金，我實在推辭不掉，就讓他贊助了駐京辦的新春聯誼活動。」

「那賬目清楚嗎？」張凡又問。

傅華說：「那當然，那可不是一筆小數目的錢，我可不敢賬目不清楚。怎麼了老師？是不是師兄那裏又出了什麼問題啊？」

張凡氣說：「什麼又出了什麼問題，他原來的問題就沒解決掉。」

傅華詫異地說：「不對啊，老師，師兄親口跟我說，上面對他的調查已經結束了，他應該沒事了。」

張凡說：「賈昊是這麼跟你說的？」

傅華點了點頭。

張凡接著問道：「他還跟你說什麼來著？」

傅華說：「他還跟我說，這次調查完全是一場政治鬥爭，他本身是沒有問題的，要說有問題，也是以前法規不夠規範，是歷史原因造成的。」

張凡冷笑了笑，說：「你相信嗎？」

傅華說：「老師，您不知道當時師兄的樣子，他是哭得很傷心之後才跟我說這番話的，我認為他這是真情流露，應該不會是假的吧？」

張凡搖了搖頭，說：「傅華啊，你是不是太幼稚了？」

傅華看看張凡，說：「師兄不應該會騙我的，再說，他騙我也沒什麼用處啊？」

張凡笑了，說：「賈昊是什麼人啊？他可是在仕途上打滾多年的官僚人物，我早就跟你說過，他這個人不可信，你怎麼就不相信我呢？」

傅華說：「老師，我不是不相信你，可是師兄對我還不錯，他應該不會騙我的。」

張凡不以為然地說：「傅華啊，你讓我怎麼說你啊？對賈昊來說，只有精算的利益，並沒有什麼同出師門的友誼。他對你好，只是因為你間接做了他業務上的掮客，你知道嗎？可能你讓頂峰證券做的每一樁事情，賈昊都能從中獲取好處。不說別的，他的京劇是什麼水準啊？還能搞一台戲來，到全國各地去演出？沒有那些公司從旁邊偷著出錢，誰會去看一齣沒什麼新意的京劇啊？」

傅華難受的說：「這麼說，師兄確實有問題了？」

張凡說：「豈止是有問題，問題還很大呢。據有關方面透露說，他和頂峰證券的那個潘濤勾結，在很多公司的證券業務上做了不少手腳，從中謀取暴利。只不過他這次比較僥倖，問題的核心人物突然死亡，有關部門的調查無法進行下去了，他才得以逃脫懲罰。」

傅華好奇地說：「老師，這些您都是怎麼知道的？」

張凡說：「你別忘了，當初可是我推薦賈昊走入仕途的，我跟一些領導之間都有溝通的管道。我現在十分後悔，不該推薦你師兄進入仕途，你師兄這個人很聰明，如果當初他不進入仕途，他現在可能也會是一個著名的教授什麼的，可惜他把聰明勁都用在邪路上了。」

傅華現在也不得不相信賈昊確實存在問題了，說：「沒想到師兄是這樣一個人。」

張凡後悔地說：「我一開始就不想把你師兄介紹給你認識，幸好你還能把持住自己。傅華啊，京城這灣水是很深的，有些時候你淹死了都還不知道是怎麼回事呢。」

傅華苦笑了一下，說：「這些我知道，我只是沒想到師兄也會在我面前演戲。」

傅華此刻有點明白為什麼賈昊會在自己面前痛哭了，一來他是確實很傷心失去了潘濤這個同盟軍，另一來，也可能是對這段時間被調查的恐懼感的釋放吧。

張凡說：「你也別耿耿於懷了，賈昊這樣做也很正常，他總不能在你面前承認他都做了那些違規的事情吧。你呀，學著機靈一點，對賈昊這種人要保持一種本能性的警惕，跟他們保持一定的距離，你去相信他這種人，就好比由圓求方，根本是不切實際的。」

傅華點點頭，說：「我知道了，老師。」

張凡又說：「賈昊這一次不能再留在證監會了，你回頭幫我帶幾句話給他，就說我跟他說的，人吶，不會總是那麼僥倖的，這次沒被抓到，不代表下一次也不會抓到，我希望他到了新的單位之後，能夠好好反省一下自己，不要再犯以前的錯誤了。」

傅華看出張凡雖然不贊同賈昊的處事方式，可是內心中還是很關切賈昊的，他也不想賈昊出什麼事情。

傅華便說：「老師，看來你還是希望師兄好的。」

張凡無奈說：「我是不想看他的笑話，一開始，我對他有很多期許，不然的話，我也不會推薦他進入仕途。我希望他在仕途上能夠做出一番成績，光大師門。你知道，中國是一個官員主導的社會，一個人只有進入仕途，才能把他的聰明才智發揮到極致，只是我沒想到他會把一些歪門邪道發揮到極致。」

張凡的話裏飽含著深深的失望，這是一個老師對弟子沒有走上他預定的軌道的那種失望。

傅華感受到了張凡的這種心情，勸慰道：「老師，你也別難過了，也許師兄受了這一次的教訓，會改過自新了呢？」

張凡搖了搖頭，說：「怕是很難。我跟你講一個故事吧，這件事情是真人真事，是我家鄉發生的一件事。有那麼一對好朋友，家裏都很窮，為了改善自己的生活，其中一個人就提議去偷別人的財物，另一個人就說，這不好，這是犯法的，提議的人就說，要不我們就偷一次，偷了這次之後，我們就不再偷了。另一個人覺得只做一次似乎也沒什麼，兩個人就一起去偷了。這一次他們很幸運，沒被抓到，而且偷到了不少錢。兩個人就分了錢，過了一段舒服的日子。可是錢總有花完的時候，等到偷來的錢花完了，那個提議的人又找到了這個好朋友，說要再去偷一次，這一次，他的好朋友覺得反正偷過一次，不但沒被抓到，還過了一陣舒服日子，因此稍稍猶豫了一下之後便同意了。這一次還是很幸運，又偷到了很多錢，又沒被抓到，兩人就又過了一段舒服日子。錢又花完了，這次再提出來偷竊的，就不是那個一開始提議偷竊的人了，反而變成了他的好朋友，他的好朋友主動找到他，要跟他合夥再去偷一次，因為他已經習慣了這種不勞而獲的日子，這樣子，他每次錢花完之後，想到的就是再去偷竊，直到最後被抓住。賈昊已經從那些不法的行為中嘗到了甜頭，你想他能夠停下這偷竊慣了的手嗎？」

第六章

花邊新聞

金達很惱火，一來這封信散發的範圍很廣，每個領導都收到了，
金達相信短期內傅華的這些花邊新聞將會是海川政壇熱門話題；
二來，傅華的不檢點給他也會帶來一些不良的影響，
上上下下肯定都在看他要如何處理這件事情。

晚上，傅華正在和鄭莉一起吃飯。

傅華看著鄭莉，說：「小莉，你說我要怎麼去跟鄭老說我們的事情？」

鄭莉說：「那就是你的事啦，你不是為了我有勇氣面對一切嗎？怎麼我爺爺這樣一個老頭子你就害怕了？」

傅華擔心地說：「我不是怕，問題是鄭老身上有一種威嚴，我擔心一旦我說出和你的事情，他老人家眼睛一瞪，說：不行！他的寶貝孫女怎麼能跟這樣一個臭小子呢？不但一事無成，還離過婚。他堅決不同意。那我怎麼辦？」

鄭莉笑了，說：「我怎麼沒覺得你這麼怕我爺爺啊？你平常在他老人家面前不是有說有笑的嗎？」

傅華說：「這件事情不同，這件事情對我來說太重要了，再說，我也不想你跟你家人為了我有爭執，所以我很緊張。」

鄭莉說：「放心，我爺爺也不是一個老古板，他和奶奶對你的印象不錯，我想他是不會反對的。而且他們早就盼著孫女嫁出去，好不容易孫女有了看上的人，他們高興還來不及呢。」

傅華聽了，笑說：「嘿嘿，聽你這麼說，我怎麼覺得你爺爺有早點把你處理出去的意思，是不是想嫁禍於人啊？」

鄭莉指著傅華的鼻子，笑道：「你這個混蛋，想罵我是禍水啊？嘿嘿，我就是禍水，就要嫁禍於你，你說你要還是不要啊？」

傅華抓住了鄭莉指過來的手，說：「要，怎麼會不要呢？既然你肯主動嫁給我，考慮到我現在行情直直落，我當然要了，你準備什麼時候過門啊？」

鄭莉甩開了傅華的手，說：「去你的吧，我什麼時候說要嫁給你了？」

傅華說：「你剛才說的，可別賴賬啊。」

鄭莉笑著說：「我那是逗你玩的，你還當真了。」

傅華做出一副受傷的表情，說：「完啦，剛剛還覺得一個老婆就要到手了，沒想到煮熟的鴨子也會飛掉。」

鄭莉笑罵道：「去你的，你才是煮熟的鴨子呢。」

傅華正準備繼續跟鄭莉逗笑下去，這時他的手機響了，一看，是賈昊打來的，他的臉色一下子沉了下來。

上次在張凡那裏，傅華得知了賈昊被調查的真相，對賈昊的印象一下子壞了起來。傅華是拿賈昊這個師兄當做一個可以說真心話的朋友的，因此很難接受賈昊在自己面前說一套做一套。雖然張凡讓他帶話給賈昊，警告一下賈昊，可是傅華不知道該以一種什麼樣的態度去對待賈昊，因此從張凡那裏回來之後，他遲遲沒跟賈昊聯繫過。

鄭莉看傅華臉色沉了下來，便問：「誰的電話啊？」

傅華說：「我師兄賈昊，證監會那個。」

趙婷沒移民之前，賈昊有時會跟傅華、趙婷一起打高爾夫，偶爾鄭莉也會跟著去，所以鄭莉也認識賈昊。

鄭莉關心地說：「我看你臉色不好，他得罪你了？」

傅華搖了搖頭，公平來講，賈昊對自己還是不錯的。

電話還在響個不停，鄭莉說：「你不準備接啊？想不到你們男人也像女人一樣，不時鬧個小脾氣什麼的，真有意思。」

傅華笑了，伸手按了手機的接通鍵，賈昊的聲音傳了出來：「小師弟啊，你在幹什麼，怎麼這麼久才接電話？」

傅華說：「我在跟女朋友吃飯呢，剛剛才看到你的電話。」

賈昊驚訝的說：「女朋友？嘿嘿，小師弟啊，有女朋友了你也不告訴我一聲，不夠意思啊。是不是你們正甜蜜著，卻被我打攪了？」

鄭莉在一旁聽傅華說自己是他的女朋友，高興的笑了。男人肯向他的朋友公開兩人的戀情，說明她的地位在男人的心目中確定了，所以他渴望跟朋友分享他們的戀情。

傅華笑了笑說：「打攪什麼，我們正吃飯呢，你打來有事嗎？」

賈昊說：「也沒什麼重要的事情，我的去向明確了，就想跟你聊聊，既然你在跟女朋友吃飯，還是算了吧。」

傅華立刻問道：「你的去向明確了？調到哪裡了？」

賈昊說：「聯合銀行，我去擔任行長助理，相當於副行長。」

「聯合銀行？我怎麼沒聽說過這個名字？」傅華有些困惑。

賈昊說：「這是剛建立的一家銀行，也是國有銀行，只是勢力不如四大銀行那麼強。」

傅華猜想這家聯合銀行應該是跟證監會評級的機構，賈昊當上副行長級別的行長助理，理論上可能是升了一級，便笑著說：「那恭喜師兄了，師兄又高升了。」

賈昊苦笑了一下，說：「小師弟，你來笑話師兄我啊？」

賈昊的聲音中帶著明顯的失落感，顯然這並不是一個很讓他滿意的去向。傅華明白，雖然職務的級別是升遷了，可是實際上的權力可能是降低了。賈昊從證監會的實權人物，一下子淪落成一個連傅華都沒聽過名字的銀行的行長助理，他的權力能涉及的範圍肯定是大大縮小了。賈昊顯然並不甘心，因此他找傅華很可能是想傾訴一下胸中的苦悶。

這時候賈昊如果不能很好的調整心態，他到了新的單位，很可能無法擺正自己的位置，這對賈昊的未來顯然是不利的，加上傅華還有張凡讓他帶給賈昊的話還沒有轉達，便想讓賈昊過來見一面。

傅華捂住了手機的話筒，對鄭莉說：「小莉，我有些話想跟賈昊說，你介意賈昊過來嗎？」

鄭莉搖搖頭，說：「我不介意，你讓他過來吧。」

傅華就對賈昊說：「師兄啊，你如果心裏不好受，想出來喝一杯，就過來吧。」

賈昊遲疑了一下，說：「這樣打攪你跟你女朋友，似乎不太好吧？」

傅華笑笑說：「沒事的，我的女朋友你也認識，鄭莉，你見過的。」

賈昊驚訝地說：「鄭莉？鄭老的孫女？你們現在在一起啦？」

傅華說：「對啊，要不要她跟你說幾句？」

鄭莉這時在一旁對著手機話筒笑著說：「賈主任，歡迎你過來啊。」

賈昊笑笑說：「這麼說我不過去還不好意思了？」

傅華就跟賈昊說了他們吃飯的地方。過了一會兒，賈昊開著車過來了，一看到傅華和鄭莉，就笑著說：「真沒想到你們會湊在一起。小師弟，恭喜你啊，你找了一個很好的女朋友啊。」

鄭莉落落大方地說：「賈主任說笑了，請坐。」

賈昊問傅華：「你們什麼時候開始的啊？」

傅華說：「這說來就話長了，回頭我再跟師兄慢慢彙報。先說你吧，你的新任命已經下來了？」

賈昊說：「還沒，不過消息人士跟我透露，任命已經確定，很快就會公佈的。」

傅華給賈昊倒上了酒，說：「不管怎麼說，師兄總是高升了，這一杯恭喜師兄了。」

賈昊苦笑了一下，說：「這種升遷我倒寧願不要。聯合銀行雖然說是全國性的銀行，卻還是草創階段，我去做一個行長助理，怎麼比得上留在證監會呢？」

傅華說：「我倒覺得不然，師兄借此機會離開了是非之地，未嘗也不是一件好事。同時，聯合銀行草創之時，師兄也正好可以施展胸中所學，大有作為啊。」

賈昊不以為然地說：「我去證監會的時候，證監會也正是草創階段，等什麼都上了軌道了，我這個元老卻被調走了，不知道聯合銀行上軌道之後，我會不會再被調走？看來我就是一個創建元老的命啊。」

鄭莉笑著說：「賈主任，我覺得您不必這麼沮喪啊，只有有能力的人才會被派去從事創建工作，你能這個樣子，只是說明高層對你能力的認可。」

賈昊笑著看了看傅華，說：「小師弟啊，你找了一個很會說話的女朋友啊，聽了兩位寬慰我的話，我心裏舒服了很多，來，讓我們乾一杯，一來慶祝一下這不是高升的高升，二來也祝福兩位。」

三人就碰了杯把酒乾了，賈昊的心情略有好轉，同時，在鄭莉面前他也不好太表現出自己的苦悶，三人的話題就開始轉向輕鬆，聊了一些生活上的閒事，這場飯局就在嘻嘻哈哈的氣氛中進行到了尾聲。

出了飯店，三人去拿車。到了車前，傅華把鑰匙遞給鄭莉，說：「小莉，你先上車，我跟師兄還有幾句話要說。」

鄭莉就開了車門上了車，傅華則跟著賈昊，上了賈昊的車。

賈昊說：「小師弟，你這是什麼意思啊？你不去跟你女朋友甜甜蜜蜜，跑來跟我這個大男人磨蹭什麼？」

傅華說：「前幾天張凡老師讓我過去一趟，跟我談了一些跟師兄有關的事情。」

賈昊緊張了起來，看了看傅華，說：「老師跟你說了什麼嗎？你怎麼不早跟我說這件事情？」

賈昊知道張凡跟高層之間有聯繫的管道，張凡傳出來的消息，對他來說很可能意味著某種訊號，因此便急於想知道張凡究竟跟傅華說了些什麼。

傅華苦笑了一下，說：「其實是我不知道該如何來轉達老師的話，所以就一直沒有跟師兄說這件事情。」

賈昊說：「別吞吞吐吐了，快告訴我，老師他究竟說了些什麼？」

傅華說：「老師讓我轉告你，人不會總是那麼僥倖的，這一次沒被抓到，不代表下一次也不會被抓到，他希望你到了新的單位之後，能夠好好反省一下自己，不要再犯以前的錯誤了。」

賈昊面色變了變，躲閃開了傅華看他的眼睛，嘴裏嘟囔著說：「老師這是什麼意思啊？我又沒做過什麼不對的事情。」

傅華說：「師兄啊，我也不知道你究竟做沒做過不對的事，反正我只是轉達老師讓我告訴你的話，我希望你能認真記住老師這幾句話，我覺得對你只有好處，而沒有壞處。」

賈昊不滿的說：「老師他就是對我有看法，我做什麼他都覺得我不對。」

傅華有些惱火了，他說：「你老是說老師對你有看法，你就沒想想自己做錯過什麼沒有?!你當時不在現場，你沒看到老師那個失望的樣子。師兄啊，老師對你是有很大的期望的，可是你的作為卻真是無法讓老師滿意。我看老師那個失望的樣子，就知道他還是希望你好的。你知道他是怎麼跟我說的嗎？他說：『我是不想看他的笑話，一開始，我對他有很多期許，不然的話，我也不會推薦他進入仕途。我希望他在仕途上能夠做出一番成績，光大師門。你知道，中國是一個官員主導的社會，一個人只有進入仕途，才能把他的聰明才智發揮到極致，只是我沒想到他會把一些歪門邪道發揮到極致。』」

賈昊偷眼看了一下傅華，說：「老師真是這麼說的？」

傅華說：「我會拿老師騙你嗎？師兄啊，你不要以為你跟潘濤做過的事，潘濤一死就一筆勾銷了，有關部門可能早就摸清楚了，只是沒有證據而已。所以我勸你，還是認真考慮一下老師跟你說的話吧，起碼我覺得老師並不會害你的。」

賈昊點了點頭，認真的說：「小師弟，我知道，吃一塹長一智，你告訴老師，到了聯合銀行，我會好好做的，不會再讓老師失望啦。」

傅華笑了笑，拍了一下賈昊的胳膊，說：「師兄，你是我們這些人的榜樣，我們都在看著你呢，你也要做出個樣子給我們好學習啊。好了，我走了，那邊鄭莉該等急了。」

賈昊拉住傅華說：「你先等一等，說起鄭莉，小師弟啊，你是不是再認真考慮一下你和她的關係？」

傅華愣了一下，他沒想到賈昊會突然這麼說，詫異的問：「鄭莉怎麼了？師兄你怎麼會這樣說？」

「你們是怎麼在一起的？」賈昊問。

傅華說：「其實我們很早就認識了，彼此也都有好感，可惜陰差陽錯，並沒有在一起。現在我離婚了，在朋友的撮合下，我們就在一起了。怎麼了，是不是鄭莉有什麼不好的地方啊？」

賈昊遲疑地說：「倒不是鄭莉有什麼不好的地方，而是她太好了。當初你跟趙婷結婚，其實就有人不看好，我當時倒沒覺得什麼，趙婷家裏雖然有錢，但趙凱家族的社會關係網相對簡單，我想你應該能駕馭得了的，可是沒想到最後你還是被人家給甩了。所以現在你跟鄭莉這件事，我就不能不提醒你一下了。」

傅華不解地說：「這兩者之間有什麼聯繫嗎？」

賈昊說：「當然有了，小師弟啊，你對鄭老的家族瞭解嗎？」

傅華想了想說：「應該算是瞭解吧，鄭老是我們海川地方上威望很高的元老人物。」

賈昊搖搖頭說：「你這就算是瞭解啊？你知道鄭老的兒女都是做什麼的嗎？不說別人，你知道鄭莉的父親是做什麼的嗎？」

傅華被問住了，他跟鄭莉的接觸都是通過鄭老，鄭莉的父親是做什麼的，甚至長什麼樣子他都不清楚，更別提鄭老的其他兒女了。鄭老這個人處事一向很低調，公開消息中很難看到鄭老子女的蹤影，鄭莉也從來沒在自己面前提過她父親的事情。

賈昊笑笑說：「你怎麼不說話了，不知道了吧？」

傅華不好意思地說：「我還真是不太清楚。」

賈昊說：「你什麼都不清楚還敢跟鄭莉在一起？你呀，你還沒從趙婷這件事當中吸取教訓啊。」

傅華說：「鄭莉跟趙婷是不一樣的。」

賈昊笑了，說：「這有什麼不一樣的？你想沒想過，趙婷為什麼有了孩子還要跟你離婚？」

傅華說：「這一方面是我對她的忽略，另一方面正好有人趁虛而入了。」

賈昊說：「那只是客觀原因，主觀原因是什麼？是你在她心目中已經沒有地位了，你雖然已經做得很不錯，可是相比起她父輩做出來的成績，你就不值一提了，因此當她想不要你的時候，她絲毫沒有什麼可惜的感覺。而現在這個鄭莉，她的家族，趙凱家無論從哪方面都是無法與其相提並論的。在他們眼中，你會更加渺小，你有應付這種局面的心理準備嗎？」

傅華倒不是沒想到鄭莉身後的背景可能很強大，可是他也沒想過這個背景會到可怕的程度，他看了看賈昊，說：「師兄啊，鄭莉家真的這麼厲害？」

賈昊笑了笑說：「鄭老的幾個兒女都繼承了他們夫妻倆的優良基因，加上鄭老本身就是一個知識分子，家庭教育的緣故，每一個都很優秀，在各個領域內都是頂尖人物。不說別人，就說鄭莉的父親吧，他是鄭老的第三個兒子，目前在美國，據說是從事金融投資的，公司旗下掌控的資產據說有幾十億，你要注意啊，這幾十億可不是人民幣，而是美金。」

傅華愣了一下，說：「有這麼多啊？」

這完全出乎傅華的意料之外，他跟鄭老也算是接觸很多的人了，鄭老夫婦還從來沒在他面前提起鄭莉的父親是做什麼的，原本他以為鄭莉的父親是一個碌碌無為的人，也許受鄭老的蔭庇，有個一官半職的，不值一提，哪知道他竟然會掌控這麼大的資產，大到足以令傅華震驚。

賈昊說：「就是有這麼多，這個人是一個十分有本事的人，他的資產都是在美國累積起來的，行事風格很類似鄭老，低調到不能再低調了，近年聽說也回國涉足一些投資項目，不過除非行業中人，外人幾乎很少能知道他的事情，媒體上更是絕跡。鄭莉是他跟前妻生的，離婚後他就去了美國，鄭莉就被放在鄭老身邊撫養，所以這個孫女跟鄭老是最親的。小師弟啊，如果你和鄭莉的事情成了，你將會置身於一個很複雜的社會關係環境之中啊，所以你可要好好考慮一下啊。」

傅華被賈昊說的有些沉重了起來，心裏開始打起鼓來，他第一次意識到他和鄭莉的未來發展，可能不會像他想的那麼容易。

傅華說：「謝謝師兄的提醒，我過去了，鄭莉要等著急了。」

賈昊笑笑說：「行，你過去吧。」

傅華回到自己的車上，鄭莉看了看傅華，說：「你和你師兄有多少話要講啊？怎麼講了這麼久。」

傅華笑了笑說：「聊了些事情，就多耽擱了一會兒，等著急了嗎？」

鄭莉說：「有你在，多久我也是不會急的。」

傅華就發動車子送鄭莉回家，一路上，他都在想鄭莉家族的事情，因此沒跟鄭莉說什麼話。

鄭莉悶悶地坐在一旁，看傅華一直不怎麼說話，便問道：「傅華，你跟你師兄之間是不是出了什麼問題啊？怎麼今晚自從他打電話來之後，你的情緒就有點不太對頭啊？」

傅華趕忙說：「也沒什麼，就是他有些事情沒跟我說真話，讓我有點被欺騙的感覺，心裏就有些不自在。」

鄭莉說：「是不是原本你今晚是不想讓他過來的？」

傅華說：「是啊，可後來他話語中的失落感又讓我覺得他很可憐，就把他叫出來了。我不想看他因為這次調動而沉淪下去。」

鄭莉笑笑說：「你不用擔心，我看你這個師兄是一個絕頂聰明的人，我想他應該知道自己要怎麼做的。」

傅華想起了張凡跟他說的那個偷竊的故事，不知道賈昊這個偷竊慣了的人是否能克制住自己的貪婪，笑了笑說：「希望吧。」

到了鄭莉的住處，傅華停了車，鄭莉在傅華臉頰上親了一下，說：「早點休息。」就要下車。

傅華伸手拉住了鄭莉，他想了想，覺得還是應該早一點瞭解一下鄭莉家裏的狀況。他知道鄭老是很接受自己的，可是鄭莉這個神龍見首不見尾的神秘父親對自己什麼態度，他心中卻是一點底都沒有。

鄭莉說：「怎麼，不捨得放我回去？」

傅華笑笑說：「小莉，我一直沒問你，你父親是做什麼的？」

鄭莉看了看傅華，說：「怎麼了？為什麼突然問這個？」

傅華說：「也沒什麼，就是突然想知道。」

鄭莉笑了，說：「我明白了，是你師兄跟你說了些什麼吧？」

傅華不好意思的說：「是啊，他跟我說你父親很厲害，資產有幾十億美金，這是真的嗎？」

鄭莉凝視著傅華，說：「也不是他個人資產，是他公司控管的資金有那麼多，怎麼，你害怕了？」

傅華老實的點了點頭，說：「我心裏真是有些發毛。你說，你父親會贊同我們交往嗎？」

鄭莉笑笑說：「你是不是又想退縮了？」

傅華堅決的搖了搖頭，說：「我沒想退縮，我們好不容易才有今天，怎麼會退縮呢。只是驟然聽到這個情況，我心裏一下子沒底了。」

「那就是你對我沒信心了？」鄭莉問。

傅華苦笑了一下，說：「多少有一點，你有這樣的父親，什麼樣優秀的人他都可以幫你找到。」

鄭莉笑笑說：「傅華，這話倒是叫你說對了，我父親這幾年是給我介紹了很多青年才俊，甚至有幾位都已經是有幾億資產的了，我這麼說，你是不是更加沒信心了？」

傅華說：「你是不是想跟我炫耀你有多搶手啊？呵呵，其實你這麼說我反而放心啦，你如果喜歡他們，那我們現在就不會面對面說話了。」

鄭莉笑笑說：「算你還不笨！好啦，傻瓜，你不用擔心啦，兩個人在一起要的是情投意合，而不是多少的資產。再說，我父親的是我父親的，與我有什麼關係？其實我跟他的關係並不是很親密，前些年他都住在美國，也另外新組建了家庭，平常跟我也就是年節打個電話互相問候一下而已，這幾年他回國，我們才往來的多了一些，我想他對我的決定是不會反對的，所以你實在不必害怕。」

傅華叫冤說：「我也不是真的怕了。」

鄭莉譏諷地說：「你不是怕？那你為什麼這一路上都悶悶不樂的？」

傅華說：「緊張而已，緊張而已。」

鄭莉笑了，說：「緊張不就是害怕嗎？」

傅華笑笑說：「好了，你說什麼就是什麼了。」

鄭莉說：「安心回去吧，我跑不掉的。」

第二天，傅華春光滿面的到了辦公室，昨晚在鄭莉那裏，他們擁吻了很久才戀戀不捨的分開，早上回想起這一幕，心中還是很甜蜜。

羅雨看到傅華，笑著說：「傅主任，昨晚是不是又去跟女朋友約會去了，看你滿面紅光的，一定是跟女朋友處得很愉快。」

傅華笑了下，默認了羅雨的說法。

剛進辦公室，電話就響了起來，傅華看是金達打來的，趕忙接通了。

金達語氣嚴肅的說：「傅華啊，你是不是在北京很逍遙自在啊？」

金達的語氣很不好，讓傅華興奮的心情一下子被打了下來，他小心的問道：「金市長，我有什麼事情做得不對嗎？」

金達說：「傅華啊，你還記得你是駐京辦主任嗎？你還記得你的職責嗎？」

傅華有點摸不著頭腦，金達這麼問他，是在向他發難，可是他並不清楚自己什麼地方做得不好了。

傅華不知道該說什麼，只好老老實實的說：「這我當然記得，金市長，我做錯什麼了嗎？」

金達說：「你沒忘記自己的職責就好，工作就是工作，市裏面派你駐在北京，是希望你能發揮所長，協助市裏面搞好相關的工作，不是讓你在那裏花天酒地，風花雪月的。」

傅華叫起屈來：「金市長，我沒有啊！」

金達說：「什麼沒有？你沒有跟一個叫方蘇的年輕女子往來嗎？你沒有一天到晚去跟她鬼混嗎？海川重機重組的事情一拖再拖，讓你幫忙我們的工業園推介招商，你絲毫沒有進展，市裏面交代給你的工作，每一樣你都沒有很好地完成，倒有時間去跟女人鬼混。」

傅華被說愣了，前段時間，他的確是因為方蘇的事，有幾次在工作時間送她去醫院，可是這不過是幫忙而已，又怎麼能算得上是鬼混呢？海川重機重組的事情，完全是因為賈昊和潘濤被調查才會停滯下來，這是偶發事件，又不是自己能控制的；至於工業園招商，哪有那麼多現成的商家等著你去招啊，金達以此發難，根本就是沒道理的。

傅華說：「金市長，您聽我跟您解釋，那個方蘇是我們海川的老鄉，她發生了一點意外，我送她去醫院治療而已，根本就不是什麼鬼混。海川重機重組的事情，因為調查停頓了下來，現在審批工作已經恢復進行了。至於工業園的推介招商，相關工作也已展開，只是暫時還沒有什麼成果而已。」

金達不滿地說：「傅華啊，什麼相關工作已經展開，只是暫時沒有什麼成果，你也要拿這樣的場面話來敷衍我嗎？當初融宏集團被引進，你也是這樣被動等待的嗎？海川機場擴建的審批你也一拖再拖過嗎？我現在桌子上就有幾封人家反映你的信，其中就提到你和方蘇的不正當關係，你帶她去海川大廈吃飯，還介紹她是你的女朋友，他跟你不僅僅是老鄉關係吧？傅華啊，我知道你剛離婚不久，可能需要找一些慰藉，我不反對你談情說愛，可是你耽誤了工作就不太好了吧？」

傅華不知道自己該作何解釋，金達說的事情真假摻雜，工業園招商，他確實沒有很主動的去尋找客商，方蘇他也帶到過海川大廈吃飯，但是金達指責的其他事情根本就是不成立的，也不知道哪個傢伙心眼這麼壞，可以把一些真真假假的事情混雜在一起反映給金達，讓傅華幾乎無法為自己分辯。

傅華苦笑著說：「金市長，你讓我怎麼說呢？我真的沒有因為私事誤了工作啊。」

金達說：「有沒有你自己心裏清楚，傅華啊，不是我批評你，自從我接任市長以來，你們駐京辦就是在渾渾噩噩混日子，一點工作成績都沒做出來，你是不是覺得自己可以躺在功勞簿上高枕無憂了？我可跟你說，雖然我們關係不錯，可是我也不會容忍你這種庸庸無為的行為的。」

傅華心裏叫苦不已，金達接任市長以後，恰逢是他的人生低潮期，先是他費盡心力想要審批通過的保稅園區以失敗告終，接著趙婷跟他離婚，接下來又是賈昊潘濤被調查，事情一樁接著一樁，幾乎讓他無法得以喘息。現在事情剛剛有了些緩頰，賈昊的調查也過去了，自己跟鄭莉的感情也有了很好的開始，金達卻在在這個時候指責他工作不夠盡力，讓他心中不由得懷疑是不是自己這段時間的霉運並沒有完全過去啊？

傅華無法自辯，只好苦笑著說：「對不起，金市長，我今後會改善自己的工作方法的。」

金達知道自己這番話說得傅華可能不高興了，他嘆了口氣，說：

「傅華，不是我故意要給你難堪，你和我的關係，在海川政壇上沒有人是不知道的，上上下下的人都在盯著你和我看呢，就說我剛才跟你說的這幾封信吧，今天早上，海川市委、市政府大大小小的領導幾乎人手一封，這些事情雖然是雞毛蒜皮，不值一提，可是造成的影響確實很壞的。現在輿論上已經有很多反對設立駐京辦的聲音了，都在說駐京辦是成天拿著政府的錢胡作非為，對你們駐京辦的觀感很差，你處在這樣一個矚目的位置上，行為怎麼不檢點一些？」

傅華還在猜測究竟是哪個王八蛋弄出來的這些舉報信，那邊金達已經要結束談話了，金達說：「你自己好好反省一下吧，我要去省裏，就不跟你廢話了。」

金達就掛了電話。省委昨天通知他，今天下午郭書記要見他，看看時間也要出發了。

本來郭奎突然約見，金達心裏就有些忐忑，最近，關於工業園和雲龍公司旅遊休閒度假區在省裏傳來不少反對的聲音，他的心情本來就不是很好。沒想到一上班又看到舉報傅華行為不檢的舉報信，雖然信的內容雞毛蒜皮，無足輕重，可是金達還是很惱火，一來這封信散發的範圍很廣，每個領導都收到了，金達相信短期內傅華的這些花邊新聞將會是海川政壇熱門話題，造成的影響很壞；二來，他跟傅華的關係，海川政壇很多人都知道，傅華的不檢點給他也會帶來一些不良的影響，上上下下肯定都在看他要如何處理這件事情，如果他不處理，下面的人就會覺得他在徇私；可是如果處理，這些事又還構不成行政處分的程度。

考慮了一下之後，金達雖然知道散播這些舉報信的人肯定是居心不良，但還是決定打電話給傅華，好好訓斥他一頓。不管怎麼說，無風不起浪，傅華這樣總是一種不夠檢點的行為。

第七章

南柯一夢

周邊的景物真實起來，自己根本不在什麼人大的會場上，
當選市長的演講更是子虛烏有，原來這一切只是南柯一夢。
穆廣的心情一下子沮喪了起來，心中甚至有些埋怨關蓮叫他起來，
讓他無法多享受一下當上市長的榮光。

下午，郭奎在他的辦公室見了金達，見面時，郭奎上下的打量了一下金達，笑了笑說：「秀才，你下去這段時間可是瘦了很多啊。」

金達苦笑了一下，做市長事務千頭萬緒，累心乏力，不瘦才怪，他說：「每天的事情太多了，很難不瘦。」

郭奎又看了金達一眼，他對金達這種狀態不是很滿意，這說明金達這個市長做得很辛苦，是不是他還沒有足夠的能力挑起這副擔子啊？當初自己看中金達的戰略眼光，才把他提拔成為海川市市長，是不是過於急躁，有些揠苗助長了？

郭奎今天之所以約見金達，是因為省長呂紀向他反映了一些有關海川市最近的一些違規行為。本來這些事情都應該是省長管轄範圍之內的，可呂紀知道金達是郭奎的寵兒，因此在這些事情的處理上，他採取了謹慎的態度，事先跟郭奎通氣，讓郭奎去處理。

郭奎對呂紀反映的情況開始還不太敢相信，他說：「不會吧，金達這個秀才你和我都瞭解，應該沒這麼大膽子吧？」

呂紀笑了笑說：「這很難說，他也許是想早日做出點成績來，步子可能就會邁得大些。您知道他以前長期都是在書堆裏工作，理論方面能力很強，可是實踐經驗不足，所以我擔心他對一些事務的處理和政策尺度的把握上，可能就不是那麼的準確。」

於是郭奎才安排了這次談話，想瞭解一下金達真實的工作狀況。

郭奎說：「秀才啊，我聽呂省長講，你在海川做得很不錯啊，新上了不少的工業園區？」

金達的笑容一下子僵在臉上，金達很清楚他的工業園是怎麼回事，從進了郭奎的辦公室，心中就害怕郭奎提這件事情，偏偏郭奎沒談上三句話，就直奔金達最害怕的事而來。

金達解釋說：「郭書記也知道，現在下面的市為了發展各自的經濟，都上了不少的工業園區，我們海川市是東海省的經濟大市，自然也不甘於人後，所以我們規劃了一些海洋水產品深加工的工業園區，對入駐園區的企業提供了很好的優惠條件，以吸引相關的海洋水產品深加工企業入駐，從而儘快培育出一條海洋水產品加工的產業帶。」

郭奎笑了，說：「秀才，你不愧是做政策研究出身的，說起來真是一套一套的。對了，這個東海省海洋發展戰略最早還是以你提出來的海川海洋發展戰略為基礎的呢。」

金達被郭奎的笑弄得心裏發毛，郭奎雖然是笑著說這些話，可是話中卻含著譏諷的意味，讓金達接受這種表揚也不是，不接受也不是。

金達尷尬的地說：「郭書記，您不要這麼說，我也是為了海川經濟的發展。」

郭奎笑笑說：「你是為了海川經濟的發展？為了經濟的發展就可以做違規的行為了？」

金達搖搖頭，說：「沒有啊，我們市裏面可沒有做什麼違規的行為。」

郭奎看了看金達，笑著說：「秀才啊，看不出來你做這個海川市長久了，還學會抵賴了。那我問你，你這些工業園的用地是怎麼批下來的？」

金達偷眼看了看郭奎，見郭奎的臉上倒不是十分嚴厲，多少自如了一下，也許事情並不是他想得那麼可怕。

金達知道批地的事情是無法瞞過郭奎的，便老實的說：「不瞞郭書記說，批地這方面，我們市裏面是玩了一點小把戲，不過那是合法規避了有關政策，並不是違規。」

郭奎瞪了金達一眼，說：「你們拆零批的，就說拆零批的，還說什麼玩了一點小把戲，你自己也知道見不得人是吧？」

金達強辯的說：「海川的經濟要發展，有些時候就需要把上面的政策靈活運用一下。」

郭奎看了金達一眼，說：「虧你是政策研究出身的，你就是這麼理解國家政策的？你不知道你們這種行為是在變相違法嗎？國家規定這些土地政策是為了什麼，不就是為避免大規模的佔用耕地，保護土地的有序合理地運用嗎？你們這麼做，根本就違背了國家制定這些政策的本意，你知道嗎？」

金達低下頭，嘟囔了一句：「您過去不也說過要把國家的政策用足用活嗎？」

郭奎眼睛瞪了起來，說：「你是不是還要說我在地市工作的時候，也曾經這樣做過啊？秀才啊，你在想什麼啊？我在下面的時候是什麼時期？你現在是什麼時期？我那個時候政策還很寬鬆，我那麼做是允許的，現在國家三令五申要保護耕地，禁止這種拆零批地的行為，政策已經嚴格了起來，你知道嗎？」

金達點點頭，說：「我知道了。可是您也要理解我們在下面工作的這些同志的辛苦，他們不但需要遵守規則，還要向上面交成績單的。」

郭奎面色和緩了下來，說：「我也知道下面同志的難處，但是你們也要注意自己的工作方式，特別要注意不要去侵犯下面群眾的合法利益。現在這個時期，形勢很複雜，我們的維穩任務本身就很重，如果再去激化社會矛盾，那就很不應該了。」

金達愣了一下，說：「郭書記，您的意思是？」

郭奎有些不滿的看了一眼金達，說：「秀才啊，你才下去幾天就學著這麼官僚起來？你們的工業園區有人因為徵地到省裏來上訪了，這你不知道嗎？」

金達苦笑了一下，說：「對不起，郭書記，可能我被下面的同志欺瞞了，他們跟我彙報說徵地補償工作都很完善，沒有任何問題。」

郭奎冷笑一聲，說：「是啊，你坐在辦公室聽下面彙報，不問民間疾苦，當然是什麼問題也不會發生。」

金達被說得臉紅一陣白一陣的，只好連連認錯。

郭奎看了看金達，說：「秀才啊，也許驟然讓你擔起海川市長這副擔子有些重，但是我還是希望你能夠勇擔重任，把這項工作做好，把海川的經濟發展起來。這些事情都是呂省長跟我說的。呂省長和我都認為你工作是努力的，不過可能經驗不足，處理事情的尺度把握的不夠好，所以才找你來談這次話。我知道，徵地拆遷總是會有一些麻煩，可是土地對農民來說，是他們的生存根本，這個問題不解決，很可能造成大的不穩定因素。現在這些農民還只是到省裏來上訪，問題還控制在東海省範圍之內，如果他們到了北京呢？那時候我們都不好跟群眾交代。所以你這次回去，趕緊把問題弄清楚，及時予以解決，知道嗎？」

金達點了點頭。郭奎就放金達離開了。

金達出了郭奎的辦公室，心裏暗自鬆了一口氣，雖然郭奎把他訓得滿頭包，可是整體上對他還是持支持的態度，而且也沒提到雲龍公司建高爾夫球場的事情，看來郭奎對這件事還不知情。

回到自己車上，金達就打給副市長穆廣，問穆廣知不知道有農民到省裏上訪的事情。

穆廣聽了也是一頭霧水，說：「沒聽說有農民上訪的事情啊？」

金達說：「肯定是有的，我剛才才被郭奎書記好一頓訓，你趕緊向工業園區管委那邊調查一下，看究竟是怎麼回事？」

穆廣答應了，金達也不敢在省裏稍微停留，讓司機趕緊趕回海川去。

在路上，金達接到穆廣回報的電話。穆廣說，還真有幾名農民去省裏上訪過，被工業園區的管委會去省裏接了回來。

金達說：「那他們反映的問題得到解決了嗎？」

穆廣說：「目前正在協商當中，不過工業園區管委正密切關注著這幾名農民，不會再讓他們跑到省裏去了。」

金達惱火地說：「這是什麼意思？什麼叫不會再讓他們跑到省裏去？難道管委會把他們看管起來了？」

穆廣回說：「可能就是這個意思吧。」

金達叫說：「這個管委會的主任在幹什麼啊？他還嫌麻煩少嗎？有問題不趕緊解決，他看管人家幹什麼？這不是捨本逐末嗎？」

穆廣說：「這倒是，我會督促管委會儘快把問題解決掉的。」

金達說：「你告訴他們，一定要很好地維護群眾們的合法權益，我不想再看到類似事件的發生了。再有類似事件發生，我就要考慮這個管委會主任是否能勝任了。」

穆廣聽出金達的火氣很大，知道他這次進省肯定是受了很嚴重的批評，趕忙說：「好的，金市長，我會把你的指示轉達給他。」

金達趕回海川已經過了晚飯的時間，他隨便在食堂裏吃了點東西，就去了辦公室。剛坐下來，穆廣就趕了過來，金達疲憊的看了看穆廣，說：「工業園區那邊都佈置好了？」

穆廣說：「已經佈置下去了，管委劉主任說，一定會盡力安撫好上訪農民，保障他們的合法權益的。」

金達說：「再有這種鬧到省裏的事情，你讓信訪部門一定要通知市政府，你不知道今天郭書記說起這件事情，我有多尷尬。他還說我每天坐在辦公室，不問民間疾苦，當然是什麼事情都不知道了。」

穆廣說：「好的，我會讓信訪部門注意改善這方面的工作的。」穆廣又看了看金達，說：「這一次郭書記有什麼特別指示嗎？」

金達苦笑了一下，說：「他對我們工業園區拆零批地的做法很不滿意，不過他也沒有十分的批評我們，只是說以後不要再這麼做了。老穆啊，今後再有類似的情況，我們就不能這麼做了，這一次就是呂紀省長跟郭奎書記說的，郭奎書記才又找到了我，看來省裏已經注意到我們了。」

穆廣心中有些瞧不起金達這個樣子，省委書記找他談話他就開始畏縮了，他就這麼點魄力啊？這樣的人怎麼能把海川市的經濟搞好呢？郭奎也是，怎麼看中了這麼一個沒什麼能力的人呢？要是換成自己做這個海川市市長，肯定比金達要強上百倍，可惜的是金達能力雖然不行，運氣卻好得多。

穆廣心裏雖然不滿，可是金達總是上級，不能表達出不滿的樣子，便笑了笑說：「好的，金市長，以後我們會注意些的。其實很多縣市都在這麼做，大家都知道如果照常規來發展，省裏肯定不會滿意經濟的增速的，所以都在偷著做。」

金達看了穆廣一眼，說：「老穆啊，這些我也知道，可是我們現在已經被省裏盯上了，還是小心一點為妙。這種問題可大可小，上面如果真的要板下臉來認真處理，我們也是無法承受的，知道嗎？」

穆廣點了點頭，說：「金市長你說得是。」

金達又問：「還有，那個雲龍公司建的什麼旅遊度假區，情況怎麼樣了？」

穆廣心裏一驚，心說：不會省裏也知道這個了吧？他偷眼瞄了一下金達，金達倒沒有什麼惱怒的神情，便猜測金達只是隨口問一問，於是笑笑說：「我也不是很瞭解情況，不過最近沒什麼事情傳出來，應該是各方面進展都很順利吧？」

金達說：「老穆啊，現在上面這麼注意我們，這個項目是否需要先停一停啊？你知道我見郭奎書記的時候，還真擔心他提到這個旅遊度假區的高爾夫球場的問題呢。」

這可是停不得的，停了的話，錢總可就損失慘重了，穆廣心中飛快的思索著，想著要如何說服金達不停下這個高爾夫球場的項目。

很快穆廣就有了主意，他笑了笑，說：「金市長，我倒是覺得這個項目不但不能停，反而應該繼續進行。」

金達不解地看著穆廣，問：「為什麼？」

穆廣說：「這個項目本來就有人對它很有意見，如果現在停下來，那些對它有意見的人就會更加覺得這個項目是有問題的，不然的話也不會被叫停。因此人們並不會因為項目被叫停就停止對這個項目的質疑，反而一定會有人追究這個項目為什麼可以在海川建設等等一些相關的問題。同時，這個項目的開發商前期投資已經很大了，就這樣停下來，他們的損失會很大，這就必然會形成開發商和政府之間的矛盾衝突，所以我覺得這個項目停下來只有百害而無一利。」

金達皺了一下眉頭，說：「你說的也有道理，不過你告訴陳鵬，讓他告誡一下那個開發商，讓他儘量低調，不要再引起一些不必要的麻煩了。」

穆廣吐苦水說：「好的，我會交代陳鵬的。哎，現在我們的工作真是不好做啊，又要把工作做好，還要注意不被上面挑毛病，真是難啊。」

金達苦笑了一下：「再難，工作也是要做的。」

穆廣說：「金市長，你覺不覺得這次的事情有些蹊蹺啊，呂紀省長怎麼對我們海川的情形這麼熟悉啊？是不是有人在背後告了我們的狀啊？」

金達心中也不是沒這個疑問，能夠把這個消息傳達到省長這一級別官員的，本身的級別就不會太低，而這其中熟悉海川市工業園區批地流程的，除了省國土廳，就是海川市的一些領導了。

省國土廳其實事先都是做了很多溝通工作的，在拆零批地這上面，其實跟海川市是同盟者的關係，因為如果這種批地方式出了什麼問題，被問責的首先就是省國土廳的官員，因此他們是不會自找麻煩的。

那剩下來的就只能是市裏面的領導了。金達腦海中還記得市委副書記于捷曾經有一次在市委的書記會上，明確提出過工業園這個問題，當時他的態度是反對的，會不會是于捷向呂紀反映了這個問題？不是沒有這種可能性啊。

金達心中就對于捷有些不滿，自己在工業園的批地上面，是玩了些小手法，但自己是為了什麼？還不是想把海川的經濟搞上去嗎？又不是為了自身的利益？你有必要把這件事情鬧到省裏面去嗎？

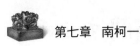

金達面色沉了下來，不過，他還是把不滿的情緒壓了下來，強笑了一下，說：「應該是不會啦，大家都在為了搞好海川經濟共同努力，誰會在背後瞎搞這些事情啊？好啦，時間也不早了，老穆，你回去休息吧。」

金達的神情變化，穆廣都看在了眼裏，他心中暗自好笑，金達這個表情說明他心中已經認同自己的說法了，面上卻想掩飾，可是輕易就被人看穿了。

懷疑的種子已經種下了，穆廣心說：就讓你們鷸蚌相爭去吧，我樂得漁翁得利。他笑了笑說：「那金市長，你也早點休息，我回去了。」

穆廣走出金達的辦公室，看看時間已經很晚，也沒回家，直接去了關蓮那裏。

關蓮看到穆廣來了，很高興的接下他的提包，說：「你好幾天沒來了，我想死你了。你這些天都在忙什麼啊？」

穆廣扭了一下關蓮的俏臉，說：「小寶貝，我也想死你了。只是這幾天我工作忙了一點，老婆那裏也需要回去一下的，就沒時間過來了。」

穆廣已經把家搬到了海川，他為了維護自己的好形象，不得不經常回家去住，關蓮這邊反而來的少了一些。

關蓮笑笑說：「你家那邊是要顧好的，這樣的話，你少來我這裏，我也不會怪你的。」

穆廣看了看關蓮的表情，說：「小寶貝，你吃醋了？」

關蓮說：「我哪有？我是覺得你一個堂堂的副市長，如果家都顧不好，很容易被人說三道四的，這對你的形象很不好的。」

穆廣笑說：「我真高興你能這麼理解我。我這個做副市長的，是要顧好自己的形象，不過，我就是人回去了，心還是在小寶貝你這裏的。」

關蓮諂媚地說：「其實不用的哥哥，我不是那麼貪心的女人，你本來就是人家的丈夫，我不想要你的全部，只要你的心有一部分在我這裏就好了。」

穆廣將關蓮擁進了懷裏，說：「小寶貝，你真是善解人意啊。其實我身上倒是真有一部分想要一直放在你這裏。」

關蓮佯作不解地說：「那一部分啊？」

穆廣淫笑著說：「你這個壞蛋，明知故問。」

兩人就躁動了起來，穆廣吻住了關蓮的嘴唇，兩人互相撕扯著對方的衣物，就這樣牽牽絆絆進了臥室……

穆廣看到自己和金達正在工業園的工地上視察，工地上一片熱火朝天的景象，四面都是正在開工的項目，金達指指點點，不時回過頭來跟自己說幾句話，兩人心中都很高興，他們都覺得工業園這麼興旺，海川經濟一定會被帶動上一個臺階。

還沒興奮多久，氣氛突然變了，省裏突然通報批評了海川市違規使用土地，金達因此被撤掉了市長職務，金達在會上沮喪地低著頭做著檢討。市長的位置空缺了出來，各方有力的人士都四處奔走，運作爭奪市長這個位置。

自己這個常務副市長自然不甘人後，也是四處托人，經過一番艱苦的努力，自己終於得償所願，順利的被推薦成為海川市的代市長，其後在每年一度的人大會上，自己高票當選了市長，掌聲雷動，自己箭步走上了演講台，氣勢昂然的演講自己對海川市未來的規劃，台下的代表們對自己的演講反應熱烈，掌聲一再響起。哄堂的叫好聲，甚至關蓮也興奮的挽著自己的胳膊，滿面通紅的叫著哥哥，哥哥。

不對啊，穆廣愣了一下，關蓮也不是人大代表，怎麼會出現在會場？再說，她怎麼這麼不懂事啊，這麼公開的場合，怎麼可以把私下親密的稱呼喊出來呢？

穆廣正要責怪關蓮，耳邊哥哥哥哥的喊聲卻越來越真切，他一緊張，眼睛一下子睜開了，關蓮的俏臉慢慢變得真切起來。她看著穆廣，說：「哥哥，你總算醒了，看來你昨晚確實累得不輕啊，時間已經不早了，你該離開了。」

每次穆廣來，都是在凌晨，街上行人還不多的時候離開，他這麼做是不想別人發現他跟關蓮之間的關係。可今天他實在太累，另外也可能是夢境太過美好，他就睡過了頭。反而是關蓮已經習慣穆廣很早就離開，這一次他突然沒按時離開，讓關蓮有些不適應，先醒了過來，一看早過了穆廣平時離開的時間，就趕緊去叫穆廣起床，

周邊的景物真實起來，自己根本不在什麼人大的會場上，當選市長的演講更是子虛烏有，原來這一切只是南柯一夢。穆廣興奮的心情一下子就沮喪了起來，心中甚至有些埋怨

關蓮叫他起來，如果不叫他的話，美夢還不會被驚醒，也許他還可以多享受一下當上市長的榮光。

穆廣看看時間，確實不早了，因此急忙穿好衣物，離開了關蓮的家。

下午，穆廣打了一個電話給錢總，跟錢總約定了晚上在雲龍山莊見面。

晚上，穆廣來到了雲龍山莊，錢總早就等候多時了。

兩人見了面寒暄之後，錢總忐忑的看了看穆廣，說：「穆副市長，您這一次約我見面，不會是又要跟我談旅遊度假區的事情了吧？」

穆廣笑了，說：「還真叫你猜對了，我還就是想跟你談這個事情。」

錢總苦笑了一下，說：「最近白灘村也沒鬧什麼事啊？一切都很平靜，您還要跟我談什麼？」

穆廣笑了笑說：「老錢啊，你別那麼緊張，我又沒說要你怎麼樣。」

錢總故作害怕地說：「你上次跟我談了一下，我就不得不讓出很大一塊利益給白灘村的人，這一次你又說要跟我談一下，我能不緊張嗎？說吧，這次想要我讓出點什麼來？」

穆廣笑了，說：「看把你嚇得，這次沒什麼了，只是金市長讓我提醒一下你們，做事情要低調些，旅遊度假區就是旅遊度假區，千萬不要拿什麼高爾夫球場來招搖。」

錢總訴苦說：「我現在已經很低調了，上次事件發生之後，我還特地把員工召集起來，跟他們強調了相關的紀律，要他們絕對不能對外說是建什麼高爾夫球場。」

穆廣說：「這就很好嘛。」

錢總看了看穆廣，說：「可這樣子下去總不是個辦法啊？我現在都有點後悔不該蹚這灘渾水了。」

穆廣說：「你後悔什麼啊？現在項目不是進展得很順利嗎？」

錢總說：「可是你們這些政府官員隔三差五就來提點我一下，這誰受得了？」

穆廣安撫他說：「老錢啊，這一次也不是金市長非要為難你，主要是你這裏現在很多方面都在關注著，他剛剛在省裏被省委書記因為用地的事情批評了一通，因此害怕再因為你這裏的事情惹上什麼麻煩。原本他還想讓你的項目暫停一下呢。」

錢總驚叫了起來，說：「什麼，他想讓我暫停下來？他知道我暫停一天會損失多少錢嗎？」

穆廣說：「你不用這麼擔心，我已經勸他打消暫停項目的念頭。」

錢總鬆了一口氣，說：「這還差不多，如果真的勒令我暫停建設，我恐怕只好捲著鋪蓋去市長辦公室那裏睡覺了。」

穆廣笑笑說：「別說這種賭氣的話，他也是不想你這邊出事才這個樣子的。真要出事了，怕就不是暫停項目，而是直接停工了。」

錢總說：「這我也知道，不過老這樣下去也不是個辦法啊。穆副市長，您能不能幫我想個萬全之策出來？一來堵住別人議論的嘴，二來也不用一有風吹草動，你就跑來提點我。」

穆廣遲疑了一下，說：「一時半會兒到哪去找這樣一舉兩得的辦法啊？」

錢總說：「穆副市長，你一向不是很有辦法嗎？費費心，趕緊幫我找個什麼招數出來，你知道老是這麼多事情找上門來，真是煩死人了。」

穆廣想想也是，不能老這樣子下去，現在還沒到什麼嚴重的程度，金達就想要讓這個項目暫停，一旦要是事態嚴重起來，金達可能馬上就會把這個項目查處掉。

要給這個項目上個保險才行，不然的話，這個項目總是不能穩定的發展。這不但牽涉到錢總的利益，也牽涉到他自身的利益。

穆廣沉吟了一會兒，說：「這件事情恐怕要跟陳鵬區長商量一下了。」

錢總看了看穆廣，說：「這麼說，您有主意了？」

穆廣點了點頭，說：「恐怕要給這個項目帶點帽子，如果這個項目能入選省裏的重點招商投資工程項目，是不是說閒話的人就會少很多？」

錢總聽了，說：「如果能掛上這樣的名頭，我估計海川市的人就不會再對這個項目質疑了。」

穆廣吩咐說：「你去找陳鵬操作這件事情吧，如果有什麼需要我配合的，跟我說一聲，我會從旁協助的。」

錢總笑說：「行啊，這段時間我跟陳鵬已經處得不錯了，我相信這個忙他會幫我的。」

穆廣不禁佩服地說：「你這傢伙就是這點厲害，什麼人到你手裏，都會跟你稱兄道弟的。」

錢總笑了笑說：「其實也沒什麼，穆副市長也知道，我這個人就是對朋友夠義義，所以這些朋友們都願意跟我相處罷了。」

想談的事情談完了，穆廣就要離開，錢總問說：「要不要留下來玩一玩啊，今天可是來了新的貨色。」

現在雲龍山莊已經逐步恢復了原來海盛山莊的一些業務，人們漸漸淡卻了鄭勝時期的記憶，雲龍山莊成為海川市一處新的好玩的去處。

穆廣搖搖頭說：「不行，我要回去了。」

錢總笑笑說：「沒事的，我這裏的保安措施很嚴密，不會洩露出去的。」

穆廣看了看錢總，說：「老錢啊，你是忘了我的原則了吧？」

錢總笑了。穆廣做縣委書記的時候，就有一條不成文的慣例，他從來不在自己治下的娛樂場所玩樂，他覺得他的面孔在縣裏的新聞聯播上經常出現，很難保證沒有哪個眼尖的人認出他來，因此他並不相信什麼保安措施嚴密，他相信的是小心行得萬年船。因此穆廣有限的幾次跟錢總一起玩樂，都是在離開穆廣治理的轄區之後才發生的。

即使面對妻子和兒女也是一樣，他的事情從來不告訴妻子，也嚴禁妻子和兒女利用他的身分謀取什麼利益，因此他在別人面前總能維持著一個清廉的好幹部形象。這個面具他戴了很久，已經很難卸下來。

這些年來，關蓮算是唯一一個成功讓他卸掉偽裝的女人，那時候適逢他一個人在海川，身邊沒有家人的陪伴，關蓮又是以一副關心他的面孔出現，讓他有些孤寂的心放鬆了警惕，才接受了關蓮。

錢總笑笑說：「好啦，既然你堅持，我就不勉強了。等以後吧，改天我們找個時間好好出去玩一下。」

穆廣會心的笑了起來，說：「你這傢伙，又想到了什麼新的花樣了？」

錢總說：「這世界上可玩的東西太多了，所以就看你想玩什麼了。」

穆廣聽了不禁有些心動，最近他都待在海川，除了關蓮那裏，再也沒有什麼可以讓他放鬆的機會，老是面對一個女人，即使再年輕，也沒什麼新鮮感了，因此對錢總的提議就很感興趣，問說：「是不是我想玩什麼，你都能安排啊？」

錢總笑了，說：「這個自然，只要你能說出名目來。」

穆廣想了想，一時卻沒什麼特別想玩的，就說：「這真要說還說不出來。」

錢總笑笑說：「那還是我來安排吧，只要你準備好假期就行了。」

穆廣曖昧的笑了，說：「那我就等著你的安排了。」

幾個禮拜後的一個週末，穆廣離開海川，踏上了錢總給他安排的遊玩之旅。穆廣跟市政府辦公室說自己要回老家看看父母，臨時請幾天假。

錢總開了一輛越野車，穆廣問他要去哪裡，錢總說：「這你就別管了，保準讓你玩得開心就是了。」

穆廣看是坐車出行，就知道這個行程不會離開海川太遠，也就放心由著錢總去掌握整個行程。

車離開海川之後繼續西行，道路開始變窄，變得有些坑窪不平起來，穆廣就知道要進入一些經濟比較落後的內陸地區了。

車子駛上了土路，灰塵在車後揚起，路邊的樹木立時蒙上了一層土黃色。

穆廣眉頭皺了一下，看了一眼錢總，說：「老錢啊，你這是玩的什麼玄虛？這麼個髒兮兮的地方能有什麼好玩的？」

錢總神秘的說：「穆副市長，您稍安勿躁好不好？您說我老錢有讓您失望過嗎？」

穆廣笑了笑說：「這倒沒有，不過老錢，我這次只想出來好好放鬆一下，可不是想出來遊山玩水，做什麼遊客的。」

錢總笑笑說：「好啦，您就安心的跟我走吧，我這個安排絕不會讓你失望的。」

穆廣聽了，也就身子靠上了座椅，放心的由著錢總往前開了。

車子進山後，沿著一條窄窄的山路上去，在半山坡上，一座山寺出現在眼前。山寺並不雄偉，寺廟的磚瓦看上去十分陳舊，讓穆廣很有一種歷史的滄桑和厚重的感覺，顯然這座廟存在很久了。

錢總把車停在了寺廟前，說：「下車吧，穆副市長。」

穆廣有些發愣，他沒想到錢總會把這次遊玩之旅的第一個落腳點安排在眼前這座小廟裏，他還以為只是路過而已。

眼前的小廟並沒有什麼香客遊人，冷冷清清，周邊的古樹蒼翠挺拔，不時傳來幾聲不知名的小鳥清脆的鳴叫聲，讓穆廣竟然感受到了一點南朝詩人王籍的《入若耶溪》中寫到的「鳥鳴山更幽」的意境。

穆廣下了車，跟著錢總往裏走。

山門是開著的，走進山門，就聽到了陣陣誦經之聲，穆廣心中為之一靜，這彷彿來自天外的梵音，讓他這個在塵世中每天都忙忙碌碌的凡人隱然有一種出世之感。

不覺就來到了正殿，承襲小廟的格局，正殿也並不雄偉，似乎久未修繕，佛祖像臉上的貼金都有些斑駁和脫落了。穆廣饒有趣味的看了看錢總，不知道他領自己來這破敗的小廟是想要幹什麼。

大殿之中，蒲團上坐著一老一少兩個和尚，身上的僧衣也很破舊，都打了好幾個補丁，正是他們在敲木魚誦經。

老僧對兩人的到來並不在意，只是閉目誦經不止。小沙彌似乎定力還不夠火候，聽到腳步聲，快速地抬起頭來看了兩人一眼，這才又低頭閉目，繼續誦經。

錢總並沒有在意兩個和尚的不理睬，帶著穆廣來到佛祖面前，佛前已經備有線香，他取了三根，點燃了，然後到佛前的蒲團上跪下，拿著香默念了些什麼，拜了幾拜，拜完之後，把香插進了佛前的香爐裏。穆廣看錢總這樣子，也跟著錢總有樣學樣的拜了幾拜。

雖然穆廣覺得眼前這小廟不會有什麼靈驗，不過在默禱的時候，他還是向佛祖祈願，希望能夠早日有機會成為海川市的市長，並許願如果自己能夠得償所願，來日一定會再來小廟，為佛祖重塑金身。

拜完之後，錢總走到老和尚面前，拿出一疊鈔票，恭敬地放到老和尚面前，說：「鏡得師父，這是我對佛祖的一點孝敬，您幫我添點燈油吧。」

穆廣看錢總這麼做，就也拿出了一千人民幣放到老和尚面前，笑著說：「師父，弟子對佛祖也有一份心意，請您也幫我添點燈油吧。」

這時老和尚睜開了眼睛，上下打量了兩人，穆廣感覺這老和尚雖然看上去面容蒼老，眼睛卻很銳利，黑漆漆的眸子猶如一灘深淵，深不見底，穆廣感覺自己整個人被看透了一樣，無所遁形，不由得趕緊把眼神閃開了，不敢再去看老和尚。

老和尚雙手合什，說：「兩位施主，佛祖需要的是人們對祂的誠心，而不是錢財，心到神知，心不到，錢財再多也是沒用的。」說著，老和尚各在兩人放在他面前的錢上取了一張，然後說：「這些已經綽綽有餘，其餘的請兩位帶回去吧。」

穆廣再次感到驚訝了，他知道這些錢雖然名義上說是孝敬佛祖的，可實際上大多落在了佛家子弟的腰包裏。現在很多廟宇都是以收取信徒的香火錢來牟利，很多廟宇的和尚們也都是想盡辦法，巧立名目讓信徒們捐錢，甚至有些廟宇還設立了刷卡機，讓信徒們可以刷卡捐錢。

穆廣見慣了和尚們向錢看的嘴臉，便越發感覺眼前這和尚的不俗。他開始覺得這次的小廟之行有意思了起來。

錢總也沒跟和尚推讓，就把剩下的錢收了起來，穆廣也照著做。和尚見兩人把錢收好了，點了點頭，就閉上眼睛，又開始敲木魚誦經起來，似乎穆廣和錢總已經離開了一樣。

穆廣何曾受過這種怠慢，他看了一眼錢總，心中有些不滿錢總帶自己來這種不知所以然的地方，即使這和尚有些不俗，他也沒必要大老遠跑來受這種怠慢的。

錢總衝穆廣輕微的搖了搖頭，示意他不要著急，然後對老和尚說：「鏡得師父，您什麼時候有空閒啊？」

老和尚聞言，睜開了眼睛，看了一眼錢總，說：「施主還有事嗎？」

錢總笑著說：「是，我這位朋友是遠道來的，誠心向師父求教一二，不知道您是否可以幫他看一看？」

老和尚轉頭看了看穆廣，穆廣感覺自己又被徹底看穿了一次，這對他這種喜歡把什麼都深藏心底的人來說，並不是一種好受的滋味。

老和尚看到了穆廣的不自在，淡淡的笑了笑，對錢總說：「施主，你這位朋友可並不想讓我看的。」

錢總有些錯愕，趕忙跟穆廣說：「我沒來得及跟您講這位鏡得師父的神通，你不要看這座廟有些破舊，可是歷史很悠久了，鏡得師父也是以苦修為主，他與時下那些靠看相算命騙錢的和尚根本就不是一回事，他看人的眼光是很精準的。我生意能獲得這麼大的成功，鏡得師父對我的啟迪功不可沒。」

穆廣也對老和尚一來就看透他的內心有些驚訝，加上錢總這麼說，就有些心動，不過他還是有些顧慮，錢總也在場，如果這個鏡得師父把他的事情都說出來，讓錢總知道了，似乎並不是一件好事。

錢總是場面上的人物，馬上就明白穆廣在顧慮什麼，立即說：「鏡得師父，我這位朋友身分比較特殊，您是不是移駕到廂房去跟他單獨談一下。」

鏡得師父卻不是很情願，說：「施主，你這位朋友不願意，是不是就算了？」

穆廣趕忙說：「師父，我心中是有些迷惑，還請您移駕廂房，開導我一下吧。」

穆廣進了廂房，左右看了看，廂房是老和尚的住處，一片簡樸，被褥也是打了補丁，不過很整潔乾淨。整個住處看不到一樣電器，甚至連電燈也沒有，一點現代文明的氣息都沒有。

穆廣看了後，笑了笑說：「師父，這兒連電燈也沒有，你是不是太清苦了些？」

鏡得師父輕笑了笑：「出家人一心向佛，其餘皆是身外之物，有沒有電燈又有何妨。反倒是塵世中人，無止境的去追求物欲享受，身心都被五色所迷而不自知。」

穆廣知道自己講這些佛理是講不過這老和尚的，他也不想跟老和尚去爭辯什麼，既然聽錢總說老和尚看人很精準，心中就很想知道自己有沒有機會能夠在仕途上更進一步，便說：「佛理深奧，我一個俗人難窺其中之所以然，就不跟師父您爭辯什麼了。」

鏡得師父笑了笑，說：「施主真是有意思，佛理即是人理，你不去追其根本，反而想問些枝葉。不覺得是捨本逐末嗎？」

穆廣說：「我已經跟師父說了，我是一個俗人，很深的東西理解不了。」

鏡得師父笑著說：「那施主想要我開導你什麼？」

穆廣有意地問道：「不知道師父可看出來我是做什麼的？」

穆廣不去回答鏡得師父的問題，反而先讓鏡得師父回答是否看得出他是做什麼的，是有試探鏡得師父能力的意思，如果鏡得師父連他是幹什麼的都看不出來，那說明他道行還淺，穆廣就不必要跟他費什麼口舌了。

鏡得師父笑了，說：「施主是要試探我的能力啊，其實施主一進廟我就看出來了，您行走之間顧盼自雄，肯定是一名政府官員，而且還是級別不低的官員。」

穆廣說：「您大概是從錢總對我的尊敬程度上猜出來的吧？」

錢總在前前後後都表現出對穆廣的尊重，這和尚如果跟錢總是舊識，那就應該知道錢總的身分，自然也就可以推測出自己的身分，因此穆廣對老和尚一下子就說出自己的身分並不十分驚訝。

鏡得師父不以為意地說：「那我如果說您是一位剛從正職變成了副職的官員，而且雖然是得到提升，卻因為失去了決策權而有些不甘心，這樣你大概就不會覺得我是從錢總那裏猜測出你的身分了吧？」

穆廣心中一驚，急問道：「你怎麼知道我心有不甘？」

鏡得師父笑說：「你雖然顧盼自雄，但這種自雄卻有些鬱鬱之氣，似乎胸中的抱負沒辦法得到完全的伸展，顯見你在職務上是受制於人的。這兩者互相矛盾，互相衝突，而且自雄之氣尚濃，說明你剛從正職轉任副職不久，你雖然心裏上儘量調適了，卻還不能做到很好的隱藏。而且，你現在的上級，能力似乎並不在你之上，你對屈居他之下，心中也是有所不滿的。這些我說的對吧？」

穆廣驚疑的四下看了看，他還是第一次被一個陌生人看透了心裏所想，不免有些害怕。幸好這房裡並無他人，穆廣的心才稍定了一些。

穆廣又問：「師父，那您說我有沒有上升的機會？」

鏡得師父說：「施主精明過人，做事深思熟慮，上升的機會肯定是有的。」

穆廣懷疑的看了看鏡得師父，說：「師父，您憑什麼就能判斷出我有上升的機會？很多人做這種預測，不都是要問一問八字什麼的嗎？」

鏡得師父笑了，說：「那些都是世俗之見，八字之類的，不過是人降生在這世上的一個時間點罷了，又怎麼能決定一個人的一生呢？試問這世上同一時辰降生的人有多少啊，他們的命運都是相同的嗎？」

穆廣好奇地問：「那師父是憑什麼推算出來的？」

第八章

鏡得師父

鏡得師父高深莫測地說：「施主可知道命運這兩個字究竟作何解？」
穆廣想了想，命運這個詞再熟悉不過了，
每個人似乎都知道命運究竟是指什麼，
可是要做出準確的解釋，一下子倒還真說不出來。

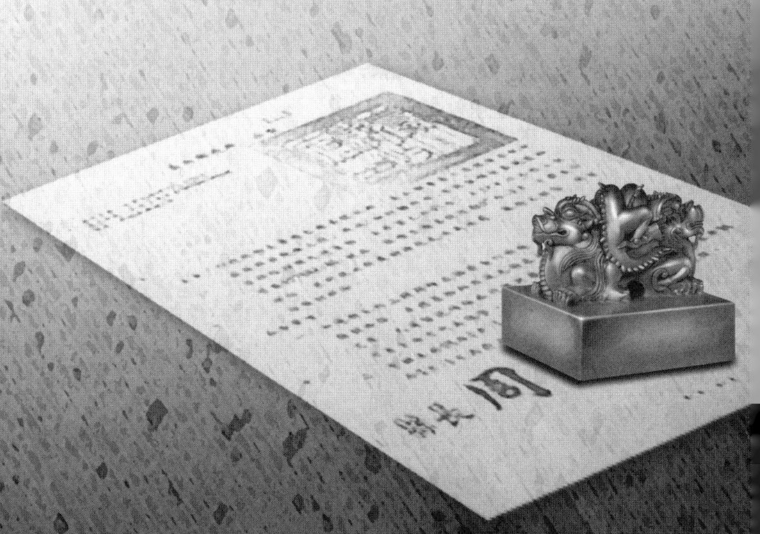

鏡得師父高深莫測地說：「施主可知道命運這兩個字究竟作何解？」

穆廣想了想，命運這個詞再熟悉不過了，每個人似乎都知道命運究竟是指什麼，可是要做出準確的解釋，一下子倒還真說不出來。

穆廣便說：「不知道師父您是怎麼認為的？」

鏡得師父說：「我個人是這麼看的，命運這兩個字，其實是指兩部分，一個是命，一個是運。一個人的命通常是指一個人的性格和特質，這兩者很多時候是不會變的，一個人的性格和特質往往決定了一個人的發展方向，所以很多人的命是一定的；而運呢，則是一個人生活的外在環境，您大概也知道環境是不斷變化的，一個人如果能適應環境的變化，他就順應了時運，就會獲得很大的成功。反之，等待他的就是失敗。」

「那師父又怎麼判斷出我肯定會有上升的機會呢？」穆廣不解地說。

鏡得師父看看穆廣，笑了笑說：「說一句我不當說的話，施主是一個很有自我克制能力的人，善於適應周邊的環境變化而變化，現在不就是像您這樣的人能夠大行其道嗎？」

鏡得師父這話說得很婉轉，他實際上是在說穆廣是一個善於見風轉舵的人。穆廣雖然覺得鏡得師父的話有些刺耳，不過他還是喜歡這個結論，他如果能在這社會上大行其道，那自然會一路官運亨通的。有些時候人們在乎的只是結果，成者王侯敗者寇，人們看到的只是成功者的輝煌，誰又會在乎一個成功者的品格呢？

穆廣很想知道自己什麼時候才能夠得到這種上升的機會，便又問道：「師父，那你看我近期是否有這種提升的機會呢？」

鏡得師父看了一眼穆廣，說：「施主的心有些急切了，你自己也知道你最近是沒有機會的吧？我覺得施主現階段應該靜下心來，好好工作，以期來日。」

穆廣不禁笑了。確實，自己想要升遷的心太過於急切，問了一個自己也知道不可能的問題。金達雖然無能，卻還沒有失去省裏對他的信任，而且，就算金達失去了省裏對他的信任，自己接任海川市副市長未久，恐怕也無法在金達騰出位置之後成功上位。也許金達留在現在這個位置上是對自己有利的，自己可以利用這段時間增長資歷，以便將來有足夠的資歷能夠順利接替金達。

穆廣佩服地說：「師父果然眼光銳利。不知道師父能否對我今後在工作中需要注意什麼提點一二？」

鏡得師父看了穆廣一眼，說：「我倒是有幾句話可以跟施主說說，可是我恐怕施主不會聽從的。」

穆廣謙恭地說：「我現在對師父已經是心服口服了，師父的話我一定會認真聽的，還請賜教。」

鏡得師父笑笑說：「我的話可能不中聽啊。」

穆廣說：「良藥苦口利於病，忠言逆耳利於行。如果只想聽好話，我身邊的那些人每天都在跟我說好話，我何必要跑這麼遠來跟師父求教呢？」

鏡得師父說：「施主真是聰明人，好吧，我就跟你說幾句吧，聽與不聽就隨施主了。不知道施主讀過佛經沒有？」

穆廣搖搖頭，說：「沒有，這方面我涉及的較少。」

鏡得師父說：「沒讀過也沒關係，那我跟你講一下釋迦牟尼成佛時的一段故事吧。相傳釋迦牟尼十四歲那年駕車出遊，在東南西三門的路上先後遇到老人、病人和死屍，看到那些衰老、清瘦和淒慘的現象，他非常感傷和苦惱。最後在北門外遇見一位出家修道的沙門，從沙門那裏，他聽到出家可以解脫生死病老的道理，便萌發了出家修道的想法。廿九歲時，他不顧父王的多次勸阻，毅然離開妻兒，捨棄王族生活出家修道。

「離家後，釋迦牟尼先到王舍城郊外學習禪定，又在尼連禪河畔的樹林中獨修苦行，每天只吃一餐，後來七天進一餐，穿樹皮，睡牛糞。六年後，身體消瘦，形同枯木，仍無所得，無法找到解脫之道。於是便放棄苦行，入尼連禪河洗淨了身體，沐浴後，接受了一個牧女供養的乳糜，恢復了健康。

「之後他渡過尼連禪河，來到伽耶城外的菩提樹下沉思默想。經過七天七夜，終於釋迦牟尼放下了重擔，心如荷葉上的水珠，無欲無染；他在遠離塵垢後漸抵彼岸，確信已經洞達了人生痛苦的本源，斷除了生老病死的根本，使貪、瞋、癡等煩惱不再起於心頭。這標誌著他覺悟成道，成了佛。」

鏡得師父說完這些，見穆廣一臉的茫然，似乎並不知道自己說這個故事的真實含義，不由得笑了笑說：「施主不明白我在說什麼吧？」

穆廣納悶地說：「師父說的是釋迦牟尼成佛的故事，可是這與我的未來有什麼關係呢？」

鏡得師父搖了搖頭，說：「那我再講一個笑話給施主聽吧，以前有一家的女兒很漂亮，左右鄰居各為他們的兒子向這家求婚。東家鄰居的兒子聰明又帥氣，可是家裏很窮；西家的兒子蠢笨而且醜陋，不過家財萬貫。這家的父母就為難了，究竟要選擇哪一家的兒子呢？就去問他們的女兒，想看女兒會選擇哪一家。女兒想了想說，想要去東家住，而在西家吃。」

穆廣笑了出來，說：「那怎麼可能，這種事情怎麼能有兼得的？」

鏡得師父笑笑說：「施主也知道魚與熊掌不可兼得，可是這世上就是有那麼些愚人以為自己什麼都能得到，你說可不可笑？」

穆廣說：「當然可笑了。可是這與我的未來有什麼關係啊？」

鏡得師父看看穆廣，笑笑說：「我早就跟施主說過了，佛理即是人理，我要跟施主說的話，在這兩個故事中已經說得很明白了，施主如果能明白這兩個故事之間所蘊含的道理，我想你的未來會是一片光明的。」

穆廣仍是一頭霧水，說：「師父，我還是不太明白，你能否明白的提點我一下啊？」

鏡得師父搖搖頭，說：「施主能笑別人愚頑，為什麼自己就看不穿呢？做官和修佛雖然並不是一回事，可兩者道理是相通的，言盡於此，其他的，要施主自己去想明白才有用。」

穆廣還想要再問些什麼，卻看到鏡得師父又閉上了眼睛，似乎已經不願意再跟他談下去了，只好作罷。

穆廣從皮包裏拿出一疊鈔票，放到鏡得師父面前，說：「那謝謝師父指點了。」

鏡得師父說：「之前已經收過施主的燈油錢了，這些就請施主收回去吧。」

穆廣說：「這只是一點心意，師父還是收下吧。」

鏡得師父說：「我知道施主是好意，可是一個出家人如果享受太過，是一種罪過，所以還請收回去。」

這老和尚的意思竟然是說自己給他這麼多錢是在害他，穆廣看看廂房空空的四壁，心中明白這和尚可能過的是一種苦行僧的日子。西方宗教中似乎也有這種苦修，修行者幾乎杜絕一切的享受，以吃苦作為修行方式，來追求達到更高的心理層次。

穆廣就把錢收了起來，他不想強人所難，談話到此算是結束了，穆廣站了起來，說：「那我告辭了，師父。」

鏡得師父雙手合什，說：「不送。」穆廣就走出了廂房。

錢總在外面等待著，他看了看穆廣的臉色，問道：「怎麼樣？」

穆廣笑笑，沒說什麼，就往山門外走。

鏡得師父也出了廂房，只是他不是出來送穆廣和錢總兩個人的，而是自顧的去了正殿，很快，穆廣和錢總兩人身後再度響起木魚聲和誦經聲。

出了山門，上了車後，錢總問穆廣：「怎麼樣，還滿意嗎？」

穆廣笑笑說：「終日昏昏醉夢間，忽聞春盡強登山。因過竹院逢僧話，偷得浮生半日閒啊。」

穆廣讀的是唐人李涉的詩，他雖然還不是很明白最後鏡得師父給他講的那兩個故事真正的含義，不過似乎鏡得師父說他會前途光明的，因此心境上還算愉快。而且他也確實在這清幽的古寺面前，感受到了從忙碌的塵世中超脫出來的輕鬆，心境中倒還真有偷得浮生半日閒的況味。

錢總放下心，穆廣雖然一直沒說他在鏡得師父那裏感覺如何，但看來穆廣的心情還是不錯的。錢總就發動車子。行程都是錢總安排好的，穆廣也沒問他接下來去哪裡，任由他開車帶著他前行。

車開了一會兒，穆廣忍不住問：「老錢啊，你從哪兒找到這麼個故弄玄虛的和尚啊？」

錢總說：「怎麼了，鏡得師父說的話不中聽嗎？不中聽就不要聽嘛，他也不是神仙。」

穆廣笑笑說：「倒不是不中聽，只是我很奇怪，你怎麼會在這深山野嶺中認識這麼一個不著四六的老和尚。」

錢總笑了笑說：「你問這個啊，其實很簡單，他出家前是我們村的人。」

穆廣訝異說：「你家就在這附近啊？」

錢總點點頭，說：「就是這山腳下的一個小村子。這個鏡得師父論起來還跟我多少沾一點親，算是我本家的一個大爺。據說他是上山來打柴，坐在這座寺廟前休息，遇到了當時的住持和尚，一談之下，竟然被那個和尚迷住了，回家後告訴父母，便上山來做了和尚。」

穆廣奇道：「原來他這個人本身就這麼怪怪的，咦，老錢，那時你還沒出生吧？又怎麼會認識他呢？」

錢總說：「這又是另外一段緣分了。鏡得師父的父母就他這麼一個兒子，他出家後，他的父母就沒人照料了，我的父母看他們可憐，又是本家，就照顧他們晚年的生活。他父母過世的時候，讓我上山來找鏡得師父，說想要見最後一面，我們就這樣認識了。後來我有時經過這座小廟，就會進來跟鏡得師父聊聊，是他說我這個人生性活躍，不應該留在山裏種地，鼓勵我出去闖一番世界，我聽了他的話走出了山裡，才有了今天這番天地。

「我跟您講，這附近的老人都說這個老和尚不是一般人物，應該是天上下凡的人，這裡流傳著很多關於他的故事。比方說，曾經有個老農一次跟鏡得師父聊天，談起種莊稼的事，說是今年想多種點小麥，鏡得師父說最好不要，今年小麥一定歉收。那個老農當時不當回事，結果那年大旱，小麥顆粒無收。」

穆廣驚訝說：「真有這麼神啊？」

錢總說：「這故事的真假我不知道，只是我經商中遇到一些難題的時候，就會回來找鏡得師父求教，鏡得師父總能指點我逢凶化吉。我跟你講，你不要懷疑他，這個鏡得師父不是那種靠給人算命卜卦賺錢的人，他一般也不跟外人談這些。他今天之所以願意跟你談，實在是因為他感念當初我們家對他父母的照料，因此對我帶來的人不好拒絕。」

穆廣笑笑說：「我沒懷疑他，只是他神神秘秘跟我講了兩個故事，說只要參透了這兩個故事，我的前途就是一片光明。不過，我到現在還沒想明白他到底想藉由這兩個故事跟我講些什麼。」

錢總好奇地問：「什麼故事啊？」

穆廣看了看錢總，猶豫著是否要把故事講給錢總聽，他還沒想透故事裏面的玄機，便有些擔心故事內容是否適合錢總知道。想了想，穆廣認為還是不告訴錢總為妙，便說：「鏡得師父說這個玄機要自己參透才會對我有用。」

錢總明白穆廣並不想讓自己幫他參悟這兩個故事，就笑了笑說：「既然他這麼說，那你就只能自己去想了。」

穆廣感覺到錢總看透了他的心思，便有些不好意思，看看車窗外閃過的樹木，趕緊轉移了話題：「老錢啊，接下來玩什麼？」

錢總說：「既然到了山裏，就玩點野外的，我朋友在這裏開了一個山莊，可以打打獵什麼的，不錯吧？」

穆廣對打獵很感興趣，只是有些擔心，便問：「都打什麼啊？不會有什麼危險吧？」

錢總笑說：「能有什麼危險啊？現在山裏的野物像野豬、狼之類的，基本上早就不見蹤影了，能打的也就是野雞野兔之類的溫順動物。再說，打獵時也會有專人跟著我們，一點危險都沒有。」

穆廣笑著說：「那就好。」

到了錢總朋友的山莊，錢總的朋友早已等候在那裏。說是山莊，其實就是一棟木建的小樓，錢總的朋友陪他們簡單的吃了飯，就讓人帶著兩人拿著槍打獵去了。

沒走多遠，穆廣和錢總就氣喘吁吁起來，他們的身體這些年都養尊處優慣了，這種山路早就無法適應。幸好帶路的人也知道這些人只是來玩玩，並不是真的來打獵的，便把他們帶到了一個野雞窩附近。

穆廣看到飛起的野雞，慌忙就開了一槍，沒想到獵槍的後座力太大，讓他一個趔趄，坐到了地上去了。

野雞倒是被打中了，掉了下來，引路的人趕忙去撿了起來，很漂亮的一身羽毛。

穆廣看到這麼美麗的一隻生物就這麼喪命在自己手裏，心中竟然有些不忍，看了看錢總說：「還打嗎？」

錢總看出穆廣有不想打下去的意思，就笑笑說：「不打就不打吧，反正已經打到了獵物，也算是不虛此行了。」

兩人就隨便放了幾槍，過了過槍癮，回到山莊。

晚上，錢總的朋友擺了一頓野物宴，穆廣吃得很高興，只是這山上人跡罕見，晚上可能就沒別的什麼節目安排了，稍稍讓穆廣感覺有些遺憾。

酒喝的是錢總朋友特別泡的鹿血酒，原來錢總的朋友跑到這深山溝裏主要是為了養鹿，在附近有一個鹿場，山莊只是附屬經營。

不知道是不是鹿血的作用，穆廣開始感覺身上有了熱烘烘的感覺，心中對錢總就更加不滿意了，他的身體已經躁動了起來，在這深山裏要如何才能度過這難熬的一晚呢？

酒宴散了，錢總和穆廣一起回房間，到了穆廣的房間門口，錢總笑著說：「我知道你這一晚上老是看我，覺得我可能安排的不周到，其實你錯了，該安排的我早就安排了，房裏面已經有兩隻道地的土雞，你好好享受吧。」

穆廣聽了，立即曖昧的搥了錢總一拳，笑罵道：「你這個混蛋，我什麼時間看了你一晚了。」

穆廣就打開房門，兩個村姑打扮的少女早就坐在床上了，穆廣看兩個女人都是黑黝黝的皮膚，略顯壯碩，不過面孔還算清秀，一看就知道是道地的山地姑娘，心裏就癢癢的，再也難以克制自己，快步走了過去……

海川。

丁益跟一個生意上的朋友喝完酒走出了酒店，丁益看看時間，剛剛十點多一點，就提議說要再找個夜總會玩一會兒。那個朋友搖了搖頭，說想要早一點回去陪老婆，就不和丁益一起去玩了。

丁益笑罵朋友是老婆奴，怕老婆怕到這個樣子，做男人還有什麼趣味。朋友笑了起來，說：「你這傢伙沒老婆，所以不知道老婆的好，怕老婆才是好男人呢。」

兩人打趣了幾句，就分手各自上了車。

丁益發動車子，卻並不想直接回家，就一打方向盤，去了「豔后酒吧」。

豔后酒吧是海川市很有名的一家酒吧，也是丁益常去休閒的地方。他進去後，就在吧台前找了個位置坐下。由於十點多鐘對夜生活來說只是剛開始，酒吧裏還冷冷清清，音樂並不熱烈，那些常規的表演項目也沒有開始。

丁益敲了敲吧台，對酒保說：「給我調杯地震。」

地震是一種用苦艾酒、琴酒和威士忌調出來的雞尾酒，酒精濃度很高，通常人們喝下口之後，會馬上顫抖一下，彷彿發生了地震一樣。

酒保就調了杯「地震」放到丁益面前，丁益抓起來大喝了一口。喝這種烈度很高的雞尾酒要的就是那種劇烈的刺激，因此不能小口細品，果然雞尾酒下肚之後，丁益難以抑制的顫抖了一下，頓時有一種上下都通暢的感覺，這才四下開始打量酒吧裏的人。

通常來酒吧這種地方的人，都是些有小資情調的公司白領，他們在寂寥的夜中來這裏尋找一些或心靈或肉體上的慰藉。丁益是一個血氣方剛的男子，有時也會在這裏尋找看得上眼的女人，帶回家春風一度。

當然他並不是一個常來這裏獵豔的老手，只有在心情感到寂寞的時候偶爾為之。

掃過坐在各個角落的男男女女，丁益的眼神停留在坐在吧台另一頭的一個女子。女子背向著丁益，孤單一人，靜靜地坐在那裏。

由於是背對著丁益，丁益並不能看到女人長得什麼模樣，只是一身時尚的衣服恰到好處把女人的曲線勾描了出來，是那種一看就會令男人怦然心動的S型曲線，因此吸引丁益的眼神在她身上留連不已。

不知道是哪個文人騷客說過，漂亮的女人就是一道亮麗的風景，讓男人們賞心悅目，丁益帶著一種欣賞的心情，上下打量著這個女人。

看得出來，女人身上的衣服是名牌貨，能穿這樣的衣服，表示這個女人的品味肯定是不會差了的。從這一點上看，她應該不是一個普通的小職員，起碼也是在公司中有點地位的主管階層。只是不知道這個白領麗人為什麼在這時近午夜的時候一個人坐在這裏？她是在等約好的人呢？還是希望等一個陌生的男人來慰藉她寂寥的心靈呢？

男人都有其動物性的一面，丁益自然也不例外，他心中起了一陣饑渴的感覺，他咽了一口唾液，拿起酒杯又大大的喝了一口，心中在猶豫著是否要走過去搭訕。

好的獵物擺在那裏，總是會有經不住誘惑的男人，丁益看到一個男人走到了那女人的旁邊坐下，然後對那個女人說：「小姐，我可以請你喝杯酒嗎？」

這是酒吧裏男人常用的搭訕方式，如果女人同意男人給她買一杯酒，那就是接受了男人的搭訕，如果不同意，就表示女人對男人的拒絕。

女人轉過了頭，瞄了一眼男人，冷冷的說：「對不起，我在等人。」

男人被拒絕了，有些灰溜溜地走開了，丁益眼睛卻亮了，端著酒杯站了起來。

這個女人面容之姣好，大大超出了他的預想，這確實是一個很誘人的尤物。此外，在那個女人轉頭的一剎那，他看到了一副曾經見過的面孔。

丁益走到女人旁邊坐了下來，笑著說：「關小姐，怎麼這麼巧，沒想到會在這裏碰到你？」

原來這個女人是關蓮，丁益雖然聽了傅華的建議沒再聯繫關蓮，卻不代表他把關蓮從心裏放下了，恰好今天在這裏碰到，就想過來打個招呼。

關蓮聞聽別人叫她關小姐，轉頭一看，就看到丁益笑看著她，她驚喜的說：「怎麼是你啊，丁總。」

關蓮對丁益的印象並不差，只是由於穆廣限制她跟丁益的交往，才對丁益冷淡的。今天晚上，關蓮一個人在家裏待得實在有些悶，穆廣早上又跟她說要出去幾天，晚上不會過來，這讓她暫時得以獲得解放，就來豔后酒吧喝杯酒透口氣。

沒想到今晚會遇到丁益，關蓮心中不免有些竊喜，她剛才已經喝了幾杯，心中對穆廣對她的限制就不是很在意了，更何況，穆廣那個傢伙這一刻還不知道在什麼地方風流快活呢，自己為什麼還要遵守他的清規戒律呢？

丁益說：「我跟朋友喝完酒，覺得時間還早，就來這裏坐一下，沒想到就遇到關小姐你了。」

關蓮笑笑說：「真巧，我是在家裏覺得太悶了，就過來消遣一下。」

丁益說：「我們海川是小地方，晚上沒有北京大城市的繁華熱鬧，關小姐覺得悶也很正常。」

關蓮心中暗自好笑，這傢伙還真以為我是北京來的有錢人呢，他哪知道我出身貧寒，即使通過穆廣在北京辦了公司，在那裏我也是不敢四處走動，悶在家裏的。

關蓮寒暄著說：「海川還好，很寧靜，不像大城市那麼躁動，讓人很舒服。」

丁益笑笑說：「這倒是。」

說話間，丁益看到關蓮面前已經空了的酒杯，便說：「你喝什麼酒，不知道我是否有這個榮幸請你喝一杯啊？」

丁益的彬彬有禮讓關蓮感覺很舒服，這才是懂得風情的男人啊，哪像穆廣那傢伙一點情趣都不懂，她笑了笑說：「這怎麼好意思呢？」

關蓮並沒有推卻的意思，丁益便感覺有進一步的機會。他雖然對關蓮跟穆廣的關係心有疑慮，可是他和關蓮也不是在談婚論嫁，只是調調情，喝喝酒，逢場作戲而已，過一會兒可能就各奔東西了，根本就沒必要在乎什麼。

丁益說：「一杯酒而已嘛，沒什麼不好意思的。」

丁益就招手讓酒保給關蓮照原樣再倒一杯酒，酒保調了一杯藍色的酒放到關蓮面前，丁益說：「這什麼酒啊，挺漂亮的。」

關蓮說：「這叫藍色夏威夷。」

丁益笑說：「這個一看就是女人喝的。」

關蓮笑著說：「那丁總喝的是什麼？」

丁益說：「我這款叫地震，烈度很高的。」

關蓮嬌俏的吐了一下舌頭，說：「這名字聽著就很嚇人。」

關蓮俏皮的模樣讓丁益呆了一下，這女人真是太有女人味了，自己如果能擁有這樣的尤物，那可不知道要多興奮啊。

恍神過後，丁益便跟關蓮聊了起來，兩人年紀差不多，很快就能找到共同的話題，便有的沒的聊了很多。熱聊當中，酒也一杯接一杯的喝著，不知不覺就少了控制，出酒吧的時候，丁益還好，關蓮已經有些微醺了。

丁益擔心地問：「關小姐，要不要送你回去？」

經過一晚的交談，關蓮覺得與丁益已經很熟了，也就不客氣的上了丁益的車。

丁益發動車子，問：「你住哪裡？」

酒精刺激之下，關蓮便也有些躁動，想徹底的解放一下自己，她粉面通紅，媚眼如狐，看了丁益一眼，說：「我今晚不想回家，反正我回去也是一個人，你把我載到那裏就是那裏。」

關蓮這麼一說，明顯是在說她今晚的行程就完全由丁益來安排了，這樣一個嬌俏誘人的美人兒，粉面含春的跟男人說這樣的話，就算金鋼鑽也化繞指柔啦，這時候他腦海裏哪還記得傅華對他的警告，此刻他只怕關蓮會改變主意，便加快油門，很快就把關蓮載到了他的住處。

關蓮把嬌軀偎在丁益的身上，兩人就這樣半扶半抱的進了房間。

丁益剛一關上房門，關蓮就不再是那副醉意盎然的樣子了，她摟住了丁益的脖子，嘴唇就熱烈的吻住了丁益的嘴。

這才是年輕男人的氣息，芬芳馥鬱，讓關蓮心醉不已，她發現自己心中已經渴望這種雄性的氣息很久了，只有這種氣息才會讓她的青春迸發出亮麗的火花，穆廣那中年男人的氣味已經有了頹敗的氣味，他不但不能讓自己享受到青春的美好，反而是在汲取自己美好

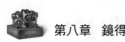

的青春。

丁益熱烈地回應著關蓮，他對這個女人也是渴望了很久，兩人親吻著，撕扯著對方的衣服，在拉扯中進了臥室，倒在床上。

兩股燥熱的潮水既相互吸引又相互排斥，都想把對方據為己有，讓對方成為自己的一部分，又都抗拒對方跟自己的徹底融合，他們時而緊密融合沒有一絲縫隙，時而分開又像兩個不相干的個體。在這種抗拒、糾纏、吸引中，兩股潮水終於在崩塌中徹底合流……

早上，丁益睜開眼睛，正看到關蓮盯著他看，便笑了笑說：「你已經起來了?!」

關蓮嬌笑著點了點頭，伸手摸了一下丁益的臉頰，有點不捨地說：「真好。」

丁益笑了笑說：「是啊，我昨晚感覺也真好。餓了沒，我們出去吃飯吧？」

關蓮搖了搖頭，她很清楚自己是不能跟丁益一起出去的，就像她跟穆廣的關係見不得光一樣，她跟丁益之間的關係也是見不得光的，否則穆廣肯定不會放過她，甚至可能牽連丁益也跟著倒楣。

她並不是一個愛情至上主義者，她還有很多現實的東西要考慮。昨晚是很美好，可是也僅僅只能是昨晚了，她跟丁益這段關係只能到此為止啦。

關蓮開始穿衣服，說：「我要回去了。」

丁益說：「那我送你？」

關蓮搖搖頭，說：「不用了，我自己搭計程車回去。」

北京。

傅華和鄭莉正在餐館裏吃晚飯，鄭莉說：「傅華，我昨天回爺爺那兒，爺爺念叨你了，說你好長時間沒在他那露面了，怎麼回事，因為我不敢去見他老人家了？」

傅華說：「怎麼，你告訴他老人家我們現在的關係了嗎？」

鄭莉害羞地說：「還沒呢，我不知道該怎麼跟爺爺說。」

傅華笑說：「你怎麼跟我一樣，我也是感覺不知道該怎麼跟鄭老開這個口，我不敢確定他知道我偷走了他老人家心愛的孫女，會是一個什麼態度，所以一直不敢去見他。」

鄭莉看了看傅華，說：「傅華，是不是跟我在一起，讓你感覺壓力很大啊？」

傅華說：「沒有啦。」

鄭莉關心地說：「那我怎麼看你最近一段時間神色總是很凝重，不是很快樂。」

傅華伸手去握住了鄭莉的手，說：「小莉，這不是你的緣故，跟你在一起的時候，是我心情最愉快的時候。」

鄭莉納悶說：「那怎麼我感到你心裏好像是有什麼心事一樣。」

傅華解釋說：「那是工作上的壓力太大了，我最近遇到了瓶頸，工作上很多事進展都不是很順利，市裏面的領導對我也很不滿意，我急於改善目前這種現狀，卻苦於並無頭緒。其實我最近很少去鄭老那裏，不單是我們倆的事情我沒辦法開口，還有這方面的因素。」

傅華在被金達責備之後，開始四處奔波，到處拜託朋友，打聽尋找可能到海川投資的客商，可是迄今為止還是毫無所獲，日子一天天過去，他還拿不出什麼可跟金達交代的成績，心裏自然是很焦躁。

鄭莉握了一下傅華的手，說：「你這傻瓜，這種情況你就自己一個人悶在心裏啊？你可以跟我說啊，說不定我能幫你的。」

傅華說：「我不想你跟著我承受這種壓力，我希望你能快快樂樂的。」

鄭莉瞪了傅華一眼，說：「我不願意聽你說這種話，我們現在走到了一起，你不快樂，我又怎麼能快樂呢？」

傅華握了一下鄭莉的手，笑笑說：「小莉，有你這句話，我心裏就很高興了。我自己的問題自己能解決的，只是需要一點時間而已。」

鄭莉看了看傅華，她知道眼前這個男人雖然有柔弱的一面，可是是一個外柔內剛的人，自己如果逼他接受幫助，他會反感的，便笑了笑說：「好啦，我相信你自己會解決的，你知道我總是跟你在一起的，真要需要我做什麼，你跟我說一聲就好。」

傅華點了點頭，說：「我知道了，誒，小莉，鄭老既然提到我，我們是不是什麼時間一起去見見他老人家？」

鄭莉說：「你如果還沒準備好，可以等一段時間再跟爺爺說這件事，他提起你，也是老人家在家裏有些悶了，希望你找時間陪他說說話而已，你自己去就可以了。」

鄭莉這麼說是在給他時間做好心理準備，他感動地說：「小莉，你真是善解人意。」

鄭莉故意說：「不善解人意不行啊，好不容易抓到了一個喜歡我的傢伙，再把他嚇跑了，那我不是損失大了？」

傅華剛想打趣鄭莉，說她怕嫁不出去，手機突然響了起來，看看是丁益的電話，便接通了。

第九章

錦上添花

「小莉，我覺得我最近事情順利了很多，我原本擔心你父親對我們在一起的態度，可是我擔心的事情並沒有發生，他接受了現實，這已經讓我很興奮啦，現在又有這件大投資，我工作上的瓶頸得以突破，真是錦上添花啊。」

丁益在電話那頭頓了一下，說：「傅哥，你在做什麼，怎麼這麼高興啊？」

傅華說：「沒什麼，跟朋友在一起吃飯。」

「這麼快樂，是跟女朋友在一起吃飯吧？」丁益猜測道。

傅華笑了，也沒否認：「說你有什麼事吧，吃飯時間打電話來，不會是你到了北京要找我吃飯吧？」

丁益笑笑說：「還真是你女朋友啊？呵呵，沒打攪你們吧？」

傅華說：「我們正在吃飯呢，打攪什麼，好啦，還是說你的事吧。」

丁益說：「傅哥，我這件事情不太好說。」

傅華笑說：「丁大少爺，你跟我還用這樣啊？我們這麼多年朋友了，什麼話不能說啊？」

丁益猶豫地說：「是這樣，我有些事情想要請問你，不過，我說了之後，你可不要生氣啊？」

傅華說：「好啦，我不生氣，我跟你生什麼氣啊？你趕緊說吧。」

丁益便說：「那我說了。傅哥，你還記得我上次跟你說我喜歡的那個叫關蓮的女人嗎？」

傅華愣了一下，說：「怎麼了，不會是你跟她有了什麼瓜葛了吧？」

丁益不好意思的說：「是，而且瓜葛還不小，我昨晚在酒吧裏碰到了她，我們喝得都有點醉，就把她帶回家過了一夜。」

「什麼，你跟她過夜了？」傅華驚叫了起來：「我不是跟你說過那個女人沾不得嗎？」

丁益尷尬的說：「傅哥，你不知道當時的情形，那時候就算是大羅神仙也是難以克制自己的，更何況我還喝了不少的烈酒。」

傅華心裏很不高興，他之所以警告丁益不要去跟關蓮交往，就是因為這個女人各方面都顯得很詭異。傅華看出她實際上家裏並不是什麼有錢的人家，能一下子拿出一大筆錢在北京註冊公司，就很令人懷疑了。傅華心中便猜測這個女人跟穆廣之間的關係不簡單，加上後來關蓮去海川發展，更讓傅華猜測這個女人可能是穆廣做非法交易的一個仲介人物。

這樣一個背景複雜、來歷不明的人物，丁益根本就不應該跟她纏夾不清，更別說還帶回家過夜了，傅華擔心這個女人可能會給丁益帶來麻煩，因此對丁益不聽自己的警告十分的不高興，便說：「你都跟人家過夜了，還打電話來問我幹什麼？」

傅華越想越氣，就掛了電話。

鄭莉看著怒氣沖沖的傅華，問：「怎麼了，怎麼生這麼大氣啊？」

傅華說：「是我一個朋友，被一個妖媚的女人迷住了，我跟他說過不要跟那個女人來往，現在可好，居然還過夜了，現在打電話來說要問我問題，你說氣不氣人？」

鄭莉安撫說：「好啦，是你朋友的事情，犯得著生這麼大氣嗎？再說人家如果是兩情相悅呢？」

傅華搖搖頭說：「小莉，你不懂的，那個女人背景複雜，來歷不清，對我這個朋友只能有害，不會有利的。」

這時，手機再次響起，丁益又打了過來，傅華不想接，就把手機放著不理，鄭莉勸說：「你還是接了吧，不要因為這個傷了朋友的感情。」

傅華嘆了口氣，接通電話，說：「丁益啊，我的話你根本就不當回事，你還打來幹什麼？」

丁益陪笑著說：「不好意思啊，傅哥，我都跟你說要你不要生我的氣了。」

傅華說：「老弟啊，我真沒想到你是一個過不了漂亮女人關的男人。」

丁益趕忙解釋說：「不是啦，這個女人很特殊，別的女人我還真沒放在眼裏過，唯獨她，對我不理不睬的，我反而越是放不下她。」

傅華氣說：「人家那是欲擒故縱你知道嗎？這麼點把戲你就被人家套住了，真是不知道你平日的聰明勁都去哪裡了？」

丁益說：「不是的傅哥，你先別生氣，聽我說好嗎？」

傅華沒好氣的說：「好，你說，我看你能說出來個什麼花樣來？」

丁益說：「你不知道，那個女人根本就不像你想的那樣，想要算計我什麼。今天她從我那兒離開後，我打電話給她，想要約她出來，她卻跟我說昨晚的事情就當沒發生過，叫我以後不要再找她了，就掛了電話。我再打過去，她就關機，根本就不想再跟我聯繫了。」

傅華說：「那好啊，你以後就不要跟她聯繫了。」

丁益苦笑了一下，說：「可是經過昨晚，我心裏更放不下她了。」

傅華不禁嘆說：「老弟，你怎麼這麼傻啊？那個女人如果正常，又怎麼會不接你的電話呢？她不想再跟你見面，肯定是在掩飾什麼，這說明她有些事情是不能跟你說的。」

丁益不解地說：「她有什麼話不能跟我說啊？」

傅華說：「我怎麼知道?!反正我覺得這個女人是個麻煩，你不招惹她最好，同時我也覺得，你不去招惹她，對她也是好的，這樣，她不想見光的秘密也能保守得住。」

丁益說：「可是，我心裏放不下她啊。傅哥，她當初在北京辦理工商註冊是你陪同的，你對他的私人情況肯定很瞭解，你能不能告訴我，她究竟是來自哪裡？她家裏還有什麼人？反正她的相關情況，只要你知道的，你都告訴我好嗎？」

傅華說：「我不是不想告訴你，而是我也所知有限，她註冊公司是委託代辦公司辦的，我不過是幫她找了一家代辦公司而已，她的個人情況，我知道的不會比你多。」

丁益遺憾地說：「是這樣啊？」

傅華說：「老弟，我還是要勸你一句，這個女人跟穆廣的關係很不簡單，你趕緊踩刹車吧，不要因為這個女人害了自己。」

丁益無奈地說：「好，我心裏有數了。」就掛了電話。

傅華聽丁益的語氣，便知道他是不會聽自己的話了，不由得搖了搖頭，對鄭莉說：「唉，看來我這個朋友是被迷住了，我的話他一點都聽不進去。」

鄭莉勸說：「感情的事情，旁人是很難判斷的，你不要煩惱了，他也是成年人，有自己的判斷的。」

傅華笑說：「也是，我自己的事情還煩不過來呢，也管不了許多了。」

鄭莉笑了，說：「你不是煩我吧？」

傅華趕忙說：「怎麼會，我是說工作上的事情。」

兩人就放下了丁益的事，說笑著繼續吃飯。

吃晚飯，傅華送鄭莉回家。

剛要送鄭莉上樓，這時旁邊過來一輛黑色的寶馬車，衝著兩人按喇叭，傅華正想說這人怎麼這麼討厭，卻見鄭莉拉著他的手趕忙鬆開了，嘴裏小聲地嘟囔著：「他怎麼來了?!」

看來鄭莉是認識寶馬車主的，而且還很熟，似乎不想讓這個車主知道自己跟她的關係，傅華的好奇心一下子起來了，小聲問道：「小莉，這傢伙是誰啊？」

鄭莉還沒回答，寶馬車已經停好，一個五十多歲的男子從車上下來，一下來就衝著鄭莉問道：「誒，小莉，這傢伙誰啊？」

傅華笑了，他沒想到這個男人竟然跟自己說了一樣的話。

鄭莉緊張的往前走了兩步，迎向過來的那個男人，傅華心中難免有些醋意，看來這個男人比自己在鄭莉的心目中還重要，便有些挑釁的打量了一下來的男人。

男人的打扮看上去很普通，不過傅華這些年在趙婷訓諫下提高的服裝品味來看，男人穿著的衣物剪裁很得體，都是量身訂做的衣物，之所以看上去普通，可能是男人追求那種不引人注目的格調吧。

男人也在上下打量著傅華，他的眼神銳利，不太友好的盯著傅華，似乎是想看到傅華的骨子裏去，傅華從他身上感到了一股很強大的氣勢，壓得他有些喘不過氣來。

傅華挺直了腰板，眼神也盯著對方，他不想被男人的眼神降服，索性就跟對方硬抗起來。

鄭莉走到了男人身邊，說：「爸爸，你這麼晚怎麼突然跑來了？」

男人笑說：「我的女兒老是不去看我，我路過這裏，過來看看女兒總行了吧？」

男人的笑意一下子掃去了他的威嚴，變成了一個慈祥的父親，傅華聽鄭莉喊來人爸爸，知道這原來是鄭莉的父親，自己再跟他對看就有些不禮貌了，趕忙低下了頭。

鄭莉說：「你想讓我去看你，打個電話過來不就行了嗎？不用親自跑來吧？」

男人笑笑說：「跟你說了是路過。誒，小莉，你還沒跟我說這小子是誰呢？」

鄭莉說：「一個朋友，剛剛一起吃飯，他送我回來。」

男人立刻說：「男朋友吧？我看你們剛剛拉著手親密的要上樓，看到我來了才鬆開手的，誒，小子，你給我過來。」

傅華聽男人叫自己小子，心裏就有些不太高興，心說：就算你是鄭莉的父親，也沒有一見面就喊自己小子的道理，也太不客氣了吧？心裏雖然這麼想，可是傅華不敢發作出來，他不想一來就把跟鄭莉父親的關係弄僵。

傅華走了過去，伸手出來，笑著說：「叔叔你好。」

男人輕輕地沾了一下傅華的手，說：「小子，你喜歡我女兒？」

再次被稱為小子，傅華越發不高興，他覺得眼前的這個男人對自己很有敵意，便笑了笑說：「叔叔，我叫傅華，不叫小子。我是很喜歡鄭莉。」

男人轉頭看了看鄭莉，說：「小莉啊，你選的這個男人，脾氣看起來可是有點倔啊，只是不知道脾氣大是不是本事也大啊？」

鄭莉看出傅華已經有點惱火了，眼見父親越說越不客氣，生怕兩人衝突起來，她沒有回答父親的問題，而是走到傅華面前，說：「你先回去吧，我明天給你電話。」

傅華知道鄭莉是怕他脾氣上來，和她父親衝突起來，他也不想讓鄭莉難做，就笑了笑說：「那叔叔，我先回去了。」

男人沒說什麼，只是看著傅華。傅華上了車，搖下車窗，對鄭莉說：「我回去了。」

鄭莉點了點頭，也沒顧忌她父親就在不遠處看著，探頭進來在傅華臉頰上親了一下，然後說：「開慢一點啊。」

鄭莉的這一吻是對她父親對傅華敵意的一種甜蜜補償，傅華由此知道她更重視自己和她的關係，心中因為剛才鄭莉父親而產生的彆扭頓時雲消霧散了，他笑著說：「我知道，你過去吧，你父親在等著你呢。」

鄭莉說：「你別管他了，我要看著你走。」

傅華就開車離開了，鄭莉直到車子看不見了，這才回過頭來走到她父親面前，說：「上去聊吧。」

父親隨著鄭莉往樓道裏走，一邊說：「你剛才親那個小子，是向我示威啊？」

鄭莉回說：「你女兒喜歡那小子不行啊？」

父親說：「也不是不行，只是我覺得這小子倔倔的，這種個性強的男人不好駕馭啊，選擇他，你可要想清楚啊。」

鄭莉說：「真是莫名其妙，我不找男朋友吧，你成天催著我趕緊找，還會弄一堆人來讓我相親；我找了，你又說這樣不好那樣不好的。你到底想我怎麼做啊？」

父親笑了說：「我是不太喜歡這個人，他身上有著某種我不太喜歡的東西。誒，小莉，說了半天，我還不知道他是做什麼的呢？」

鄭莉說：「他是海川駐京辦的主任，是不是你更不喜歡了？」

父親恍然大悟，說：「他就是你爺爺說過的那個海川駐京辦的主任啊，難怪他身上有些氣息我不喜歡，原來他是個政府官員啊。我說傅華這個名字我聽著怎麼這麼熟悉呢！你怎麼會選了他呢？我們家現在可是不太喜歡政治人物啊。」

鄭莉知道家裏的人都不喜歡政治人物，這是因為鄭老曾經在過往的非常歲月中受到過很大的衝擊，幾乎是在一夜之間，從享盡優越的最尊貴的一族淪為被鬥爭的最底層，這給鄭莉的父輩留下很慘痛的記憶，因此在鄭老恢復工作後，他們對政治都敬而遠之，紛紛選擇了跟父親不同的道路。

也因為如此，鄭莉選擇了一個官員，為她父親所不喜。

鄭莉說：「我喜歡的是他這個人，又不是他的職業。」

父親不屑地說：「這個人有什麼好喜歡的，說帥吧，我也介紹過更帥的男人給你認識；說有能力吧，駐京辦主任頂多是一個七品的芝麻官，在這社會上沒什麼影響力，我介紹給你賺到億萬身價的人都有，他身上到底有什麼讓你喜歡的？」

鄭莉笑說：「喜歡就喜歡了，喜歡是沒什麼理由的，難不成你喜歡一個女人，還非要從她身上找到什麼你喜歡的點嗎？說實話，我也不覺得你選擇的女人有什麼讓我喜歡的地方。」

父親尷尬的說：「我知道你不喜歡你阿姨，她可能沒有你母親那麼優秀，可是她對我很好，這一點對我就足夠了。」

鄭莉笑說：「傅華對我也很好，這對我來說也足夠了。」

正說著，兩人到了鄭莉的家，她開了門，把父親讓了進去，說：「你要喝什麼？」

「一杯水就好了。」

鄭莉給父親倒了水，父親喝了一口，說：「小莉啊，這個傅華你是不是再慎重考慮一下，你看他跟你爺爺很熟，肯定熟知我們家族的情況，很難說他不是衝著你爺爺的影響力才跟你在一起的，你沒有太多的社會經驗，這些做官的，有時候為了升遷，可是什麼花招都使得出來的，你不要被他矇騙了。」

鄭莉反駁說：「爸爸，阿姨嫁給你的時候，你就已經是一個很有錢的富豪了，她跟你年紀又差那麼多，你怎麼肯定她是真心喜歡你這個人，而不是喜歡你的錢呢？」

父親有點惱火了，說：「我在跟你談你的事情，你老往你阿姨身上扯幹什麼？她是不是真心對我，難道我不清楚嗎？還用你來教我？」

鄭莉說：「我也是成年人了，我對人有自己的判斷能力，我想我也不需要別人來教我怎麼去看一個人，你這麼多年都不在我身邊，我也沒被人騙去賣掉。」

「你一定要跟我叫這個板是不是？」父親更加惱火了。

鄭莉也不示弱，看著父親說：「是你非要跟我叫這個板的。怎麼，現在想要在我面前扮演父親的角色了？在我最需要父親做導師的時候，身邊卻只有爺爺奶奶，現在我不需要父親了，你卻跑出來對我的事指指點點，真是滑稽。」

父親一下子被擊中了要害，頹喪的低下了頭，說：「小莉，我知道你成長的過程中我沒有陪在你身邊，這是我做父親的失職，我心裏一直對這件事情很歉疚。」

鄭莉苦笑了一下，說：「爸爸，我不是要怪你的意思，你那時是去追求你的事業，我也沒什麼好怪你的。只是我已經習慣了自己獨立的生活，我有自己的事業，現在也有了一個疼我的男朋友，我過得很好。你現在也有新的家庭，跟阿姨和弟弟三個人過得很好，我沒有干涉過你的生活，也希望你不要來干涉我，好嗎？」

父親看了看鄭莉，嘆了口氣，說：「既然你這麼喜歡他，那我不管了，只要你高興就好。好啦，我回去了。」

鄭莉看得出來父親心裏是很難過的，便說：「爸爸，我不是故意要提小時候的事的，你不要介意啊。」

父親站了起來，笑了笑說：「我怎麼會跟自己的女兒介意呢？好啦，我回去了，你有時間也要去我那兒坐坐，雖然你阿姨無法跟你母親比，可是她嫁給了我，就跟我們是一家人，她也很希望你能接受她的。」

鄭莉答應說：「行，我會找時間回去坐一坐的。誒，爸爸，我和傅華的事你先不要告訴爺爺。」

父親訝異說：「怎麼，你還沒跟你爺爺說？」

鄭莉說：「是，我和傅華才剛開始，傅華還不知道該如何跟爺爺講這件事情。」

父親笑了，說：「你倒挺替他著想的。好啦，我不多嘴就是了。」

父親就離開了，鄭莉想打電話給傅華，看看時間已經很晚，估計這個時候傅華應該已經睡著了，就放棄了。

鄭莉沒想到的是，傅華這一晚並沒有能夠安心入眠，雖然臨別時的一吻，鄭莉已經向他表明了心跡，可是他還是很想知道鄭莉父親對他們的這段感情是一種什麼態度。

雖然只是短短的接觸，傅華卻可以判斷出鄭莉的父親是一個很強悍的人物，他雖然外表看上去很低調，可是在看到自己的那一刻，卻是霸氣外露，讓傅華知道這是一個很難搞的人。傅華相信，他如果要干涉自己和鄭莉的感情，他和鄭莉肯定會遭遇到很大的阻撓。這不由得讓傅華心裏蒙上了很大一層陰影。

輾轉反側了一夜，天剛亮，傅華就打電話給鄭莉。

鄭莉是被電話鈴聲吵醒的，接電話時還睡意朦朧的，傅華說：「小莉啊，你倒睡得著。」

鄭莉笑了，說：「怎麼了，你昨晚沒睡好？」

傅華說：「是啊，我在床上烙了一夜的烙餅。誒，昨晚我走之後，你父親沒說我什麼吧？」

鄭莉嘿嘿笑了，說：「說了啊，還說了很多呢。」

傅華心裏沉了一下，不過隨即想到鄭莉語氣這麼輕鬆，不像是被她父親責怪過的樣子，心中就沒那麼緊張了，笑了笑說：「那完蛋了，是不是說了我很多不好的話啊？」

鄭莉說：「是啊，你這一晚都在擔心這個吧？」

傅華說：「是啊，說實話，我有點怕你父親。」

鄭莉笑笑說：「你就是不相信我。好啦，我已經跟父親談好了，他不會干涉我的生活的。你這傻瓜，還一夜沒睡好，早知道這樣，我昨晚就該打個電話給你了。」

鄭莉說問題已經解決，傅華卻有些不敢相信，他感覺鄭莉的父親不是這麼容易就妥協的一個人，不過鄭莉這麼說，他也不好質疑，就說：「你父親不反對我們來往就好。」

兩人又說了些情話，看看上班時間快到了，這才掛了電話。

雖然他不太相信鄭莉的父親會這麼輕易就同意兩人的交往，但是鄭莉傳遞過來的消息總是正面的，到辦公室時，傅華心情還是很不錯的。

也許是老天感應到傅華的愉快心情，想給他來一個錦上添花，發改委的劉傑司長打電話來，說有一個臺灣來的客商想要到內地投資，到發改委來詢問國家相關方面的投資政策，劉傑就想到傅華最近拜託他尋找可能到海川投資的客商，因此問傅華要不要見一見。

傅華十分驚喜，這可是他這些日子一直在尋找的機會，能找到發改委，找到劉傑，表示這個臺灣客商可能要投資的規模會很大，也許這又會是相當於陳徹那種融宏集團規模的投資，因為如果是普通幾千萬的投資，在地方上就解決了，根本就不需要到北京來。

傅華立刻說：「當然要見了，謝謝劉哥幫我留意。」

劉傑笑笑說：「客氣什麼，下午三點到我辦公室來吧，我介紹你們認識一下。」

傅華趕忙答應了，劉傑就掛了電話。

傅華心情很興奮，心中猜測會是一個什麼樣的客商，想著要如何去吸引客商把投資地點放到海川去。傅華這時候感覺自己的運氣似乎又回來了，這種機會通常是可遇不可求的，就這樣很偶然的找上門來，不能不說是好運氣。

下午三點不到，傅華就趕到了劉傑的辦公室，客商還沒到，劉傑正在批閱公文，見到傅華，笑說：「我就知道你會早到，你們這些傢伙一聽到有人要來投資，就像蒼蠅見了血一樣。」

傅華說：「沒辦法，地方經濟的發展關係著很多領導的政績呢，大家都在爭取，自然就會像蒼蠅見了血一樣啦。」

劉傑說：「那位老闆還沒過來，你先坐，等我批完這份公文。」

傅華說：「劉哥你忙就是了，不用跟我客氣。」

劉傑就繼續批他的公文，過了一會兒，門被敲響了，一個略微有些土氣的五十多歲男子敲門進來，劉傑站了起來，迎過去說：「馮董，你來了。」

傅華知道等的客商來了，也跟著迎了過去。來人個子不高，眉毛有點禿，不過一雙眼睛卻炯炯有神，讓人有不敢輕視的感覺。

馮董說：「勞煩劉司長等我，真是不好意思。」

劉傑笑說：「馮董客氣了，來，我來介紹一位朋友給你認識，這位是傅華，海川駐京辦的主任，海川這個地方，馮董應該知道吧？」

馮董說：「海川這個地方我知道，著名的海濱城市，度假勝地。」

傅華立刻上前跟馮董握了握手，說：「很高興認識您啊，馮董。」

劉傑說：「我覺得海川這地方很適合馮董這次在內地投資建廠的條件，你可以考慮一下。」

馮董笑了笑說：「我知道，我也留意過海川。」

劉傑說：「那就更好了，我們坐下來談吧。」

三人就坐了下來。

馮董說：「傅主任，我提一個人，你大概認識吧？」

傅華問說：「那位？」

馮董說：「陳徹陳董，融宏集團的董事長，他跟我是很好的朋友，我們如果剛好都在臺灣，一定會一起泡茶聊天的。」

傅華聽了，說：「太認識了，當初融宏集團之所以會到我們海川投資，就是我厚著臉皮纏著陳董才把他拉去海川的。您如果跟他提起我的名字，他肯定會知道的。」

沒想到這個馮董竟是陳徹的朋友，這讓傅華心中更有信心能將馮董拉到海川去投資了。

馮董笑說：「原來你就是去飯店堵過陳徹的那個人啊，陳徹跟我說過這件事。我當時很奇怪他怎麼會突然跑去海川投資，他就跟我講了這段故事，他對你的評價很高啊，說你身上有他當年的影子，想不到會在這裏見到你本人。」

傅華謙虛地說：「那是陳董抬愛，其實我那招本就是跟陳董學的。」

馮董笑說：「以其人之道還治其人之身，傅主任很聰明啊。」

兩人哈哈大笑了起來。劉傑也跟著笑了，說：「看來你們還是朋友的朋友啊，那就更好說話了。」

傅華高興地說：「是啊，馮董，您既然跟陳董很熟，那就應該對我們海川的投資環境有所瞭解，我們市政府十分歡迎有實力的客商到我們海川去投資，也會對來投資的客商提供一切盡可能的保護和方便，您看是不是考慮一下，去我們那裏看看適不適合您這一次的投資。」

馮董說：「陳徹對你們的投資環境很稱許，我還真有意思過去看一看。」

看來是一拍即合，兩人互看著對方，會心的笑了起來。

傅華問：「馮董，我還沒請教，你這次準備在內地投資的項目是什麼呢？」

馮董說：「我是從事化工業的，這次我準備投資一百億人民幣在內地建廠生產對二甲苯。」

傅華並沒有十分在意馮董說他要生產什麼，而是被馮董說要投資一百億人民幣這個數字把注意力給吸引了過去，一百億人民幣啊，這要是落戶在海川，對海川的經濟將會起到多大的帶動作用啊。

傅華有些不相信自己會有這麼好的運氣，竟然可以遇到這樣一筆大數目的投資，便再一次問道：「馮董，你要投資一百億人民幣，我沒聽錯吧？」

劉傑笑笑說：「老弟，你沒聽錯，我跟你說，馮董要投資的這個項目如果建成的話，預計每年的生產總值將會達到七百億人民幣，這可是一個很大的數字，你想想，你們市長聽到將會怎樣驚喜啊？」

傅華再次感到驚訝了，七百億，海川市現在國民生產總值每年也才剛剛過千億，如果這個項目能夠建成，幾乎相當於國民生產總值一下子增加了百分之七十，這將是怎樣一個增長數字啊？

傅華越發對這個項目感興趣了，他想更瞭解這個項目的詳細情況，以便到時候馮董去海川考察的時候，海川市的接待人員能夠做更好的應對。

對二甲苯是化工名詞，對化工一竅不通的傅華，根本就不知道這個對二甲苯是做什麼用的，便問道：「馮董，不知道這個對二甲苯是做什麼的？」

馮董說：「這個嘛，不太好說，它是一種化工原料，是一種石油化工產品。誒，滌綸傅主任知道嗎？」

「我知道啊，一種合成纖維，有些布料就是滌綸材質的。」傅華回說。

馮董解釋說：「傅主任既然知道滌綸，我就好解釋了。滌綸在世界上的合成纖維中，占百分之八十的比例，它的主要成分是聚酯纖維，生產聚酯纖維的主要原料是精對苯二甲酸，而生產精對苯二甲酸則需要上游產品對二甲苯，對二甲苯是精對苯二甲酸的主要原料。石油經過一定的萃取過程生產出石腦油，石腦油再經過一定過程就可以提煉出對二甲苯。」

馮董說了一大堆的化學名詞，傅華不懂，聽得是稀裏糊塗，不過大致上知道了對二甲苯是一種化工產品。

傅華看看劉傑，問道：「劉司長，國家政策方面對這個有什麼特別的規定嗎？」

馮董專門跑來北京詢問有關政策，說不定是因為國家在某些方面限制這種化工產品的生產，傅華覺得自己還是先弄清楚比較好。

劉傑說：「你要問國家政策方面啊，政策方面是很支持的，在二〇〇二年以前，國內是限制對精對苯二甲酸的投資，不過二〇〇二年修訂的法規，將精對苯二甲酸由限制類改為鼓勵類，這使國內市場一直被抑制的需求迅速爆發，並帶動了上游對二甲苯的需求。現在對對二甲苯的需求量很大，國內的生產無法滿足需求，大部分只能靠進口。馮董在這個時候選擇投資這個項目是很精明的。只是由於是化工產品，環保方面要求很高，這個馮董在投資建廠的時候，可是要嚴格加以注意啊。」

馮董笑笑說：「劉司長，這個不需要你提醒我，我也知道國內形勢跟以往不同啦，我會嚴格遵守相關規定的。」

投資額大，又有國家政策扶持，這聽在傅華的耳裏已經是一個很優質的項目了，因此對劉傑提到環保的話並沒有十分在意，更何況馮董也向劉傑承諾會嚴格遵守有關政策，這就更沒有什麼可擔心的啦。

傅華對馮董說：「馮董，你有沒有投資計畫書什麼的，我想瞭解更多的情況，好向市裏面做彙報，以便儘快安排你去我們海川市實地考察。」

馮董笑笑說：「傅主任，陳徹果然沒說錯，你做事就是這麼雷厲風行，我們投資的計畫書是有的，回頭我要助理給你送一份過去。」

傅華又問：「那馮董方便跟我透露一下你最近幾天的行程嗎？如果市裏面同意我的建議，我想儘快安排你去我們海川考察。」

傅華不想放過這個大好的機會，想儘快把馮董拉到海川去，現在馮董的項目還沒有確定要落戶海川，就還是一個空中樓閣，只有儘快敲定，才對海川有實在的好處。

馮董說：「我在北京還有事務要處理，這一周都會留在北京的。」

傅華相信如果金達知道這個項目，一定會儘快安排馮董去海川考察的，一周的時間應該足夠了，便說：「那我們保持聯繫，我想我們海川市政府一定會非常歡迎馮董儘快到我們海川市實地考察的。」

馮董笑說：「我也喜歡到一個投資環境良好的地方投資，那就靜待傅主任的好消息啦。」

傅華回駐京辦後，馬上就把馮董的名片交給羅雨，要羅雨儘量搜集馮董和對二甲苯的相關資料，他是信奉知己知彼、百戰百勝的人，要想將馮董的項目引到海川落戶，就必需對馮董這個人和他的項目有足夠的瞭解，這樣才能對情況做出適當的因應，也才能吸引住馮董。

交代完後，傅華說：「小羅，這可是一個大案子，對方現在還在找尋合適的投資地點，如果這個消息散播出去，一定會有很多地方爭搶著讓馮董去他們那裏投資的，所以時間對我們來說很寶貴，我們必須搶在別人前面把馮董請到海川去考察，並且盡可能把馮董的投資留在海川，你必須盡快搜集相關的情況，知道嗎？」

羅雨點點頭說：「我知道，我今晚會加班把你需要的東西找出來的。」

傅華說：「行，你就趕緊去忙去吧。」

羅雨領命而去，傅華也上網開始搜索與馮董和對二甲苯相關的資料。

網上能夠找到的資料很有限，只知道這家馮氏集團是一家很大的化工集團，在國際上亦是知名的公司，主要從事石油化工生產，與臺灣首富王永慶的化工廠是同期興建的，因為大環境不佳，馮氏集團就有轉戰內地建廠的意願。

看來這家公司的實力是夠的，足以支撐百億的投資，這讓傅華少了些擔心，他可不想滿心歡喜引進海川的是一家玩空手道的公司。

網上還查到關於對二甲苯的資料，基本上跟馮董講的是一致的，它是合成纖維的一種重要原料，微毒，所以建廠對環保要求很高。

傅華對微毒並不十分在意，化工產品通常都是有毒的，現代社會對此通常是接受的，同時環保設備也會將這種毒性的損害控制到最低，低到都可以忽略不計的程度，因此也沒什麼需要擔心的。

看到這些資料，傅華放心了，他覺得這個項目是適合介紹回海川的，也期待這個項目會給金達帶來一筆亮麗的政績。

看看時間已經是晚上九點了，傅華伸了伸有些微酸的腰，抓起電話打給鄭莉，他現在心情很好，就想跟鄭莉分享，問：「小莉，你在幹嘛？」

鄭莉說：「在家呢。你在幹嘛呢？」

傅華說：「我剛忙完，還沒吃飯呢，要不要出來陪我一起吃啊？」

杯。」

鄭莉聽了，笑說：「都幾點了你還沒吃飯啊？我可是早就吃過了。」

傅華說：「我忙得沒顧上時間，我今天心情特別高興，出來吧，我們一起小酌一杯。」

鄭莉笑說：「什麼事這麼高興啊？」

傅華笑笑說：「出來我跟你當面說。」

傅華就去接了鄭莉，兩人找了一家精緻的餐館，叫了幾個小菜，開了啤酒。鄭莉給傅華倒滿了，也給自己添了一杯，陪著傅華喝。

鄭莉說：「現在可以說說你遇到什麼好事了吧？」

傅華笑笑說：「是這樣，我在發改委的一個朋友介紹了一個很大的投資項目過來，我剛才就是在查這方面的資料，初步看來，這個項目很不錯，如果能夠成功的讓它落戶海川，將會對我們海川經濟有很大的帶動，我也可以給市裏面一個很好的交代了。」

鄭莉知道最近一段時間，傅華的工作壓力很大，傅華現在這麼高興，顯然也是壓力解除了的緣故，傅華高興讓她也很高興，因為這段時間她感受到了傅華的壓力，傅華不高興，她也無法高興起來。

鄭莉端起酒杯，笑著說：「來，祝賀你遇到這麼好的投資項目。」

傅華高興的跟鄭莉碰了杯，然後一口喝乾了，對鄭莉說：

「小莉，我覺得我最近事情順利了很多，你看，我原本最擔心你父親對我們在一起的態度，可是我擔心的事情並沒有發生，他接受了現實，這已經讓我很興奮啦，現在又有這件大投資，我工作上的瓶頸也得以突破，真是錦上添花啊。」

鄭莉笑笑說：「事情不會總是不順利的。」

傅華說：「我覺得這都是你給我帶來的好運，沒有你的堅持，你父親也不會接受我。」

鄭莉笑說：「我早就跟你說過了，我父親那邊不是問題的。」

傅華說：「我知道，可是我不希望你為了我跟你父親衝突，我希望跟我在一起你是快樂的，而不是備受壓力。」

傅華完全是為自己著想，鄭莉感動的點了點頭，說：「傅華，只要跟你在一起，我就很快樂了，你不需要再去想太多。」

兩人心裏都甜絲絲的，有一股幸福的情愫在兩人之間流動。

兩人喁喁說著情話，不覺這頓飯就吃了三個多小時，餐館的客人們都走得差不多了，服務員也打著瞌睡等著兩人，兩人這才收拾了一下，離開了餐館。

第十章

一場烏龍

傳華說：

「這完全是一場烏龍，前段時間我幫了一個女孩子忙，這個女孩子可能因為感激，對我有了好感，就在駐京辦聲稱是我的女朋友，這個情況就被你父親知道了，他以為我腳踏兩隻船，就來找我質問了。」

第二天一早，傅華早早就到了辦公室，他估計今天馮董會派人將他的投資計劃書送過來，因此提早到辦公室等著，他想早點拿到投資計劃書，盡快的研究，好跟市政府匯報。羅雨把忙了一晚找到的資料送了過來，傅華看了看，跟自己在網上了解的情況差不多，就先放到了一邊。

上午九點多，林東推門進來，說：「傅主任，有人說要找你。」

傅華說：「是馮氏集團的吧？」

林東說：「他沒報公司的名字，只說找你。」

傅華點點頭說：「讓他進來吧，可能是馮氏集團來送他們的投資計畫書的。」

林東敏感的看了看傅華，問道：「傅主任，你是不是又找到大的投資項目了？」

馮氏集團這件事情很快就會正式開始操作，不告訴林東，林東也會知道這件事情，倒不好再瞞林東，傅華便說：「是啊，馮氏集團準備在內地投下鉅資辦化工企業，我準備把他們引到海川。」

林東有些嫉妒的笑了笑，說：「看來傅主任又要立功了。」

傅華說：「如果辦成了，功勞是駐京辦全體人員的，林主任也有分的。好了，你把人請進來吧。」

林東就去把來人領了進來，傅華本來是笑臉準備迎人的，看到來人卻愣了一下，心說他怎麼來了？原來來人是鄭莉的父親，這傢伙不打招呼就闖上門來，顯然是來者不善。

傅華很快反應了過來，便笑著迎了過去，說：「叔叔怎麼來啦？」

鄭莉的父親說：「小子，我不能過來看一下嗎？」

說完，自顧的走到傅華辦公桌對面的椅子上坐了下來，然後四下打量了一下傅華的辦公室，說：「果然是做官的自在，你這麼點芝麻官就可以把辦公室裝修得這麼豪華，民脂民膏啊。」

林東看來人語氣不善，便猜到這個人並不是馮氏集團的，便看了看傅華。傅華說：「林主任你先出去吧，這是我一個朋友的父親。」

林東問：「那馮氏集團的人來了怎麼辦？」

傅華可不敢怠慢馮氏集團的人，便交代說：「這個項目對我們很重要，如果人來了，你把他馬上領過來。」

林東就出去了。

傅華給鄭莉的父親倒上了水，笑著說：

「叔叔看來對我的辦公室很有意見啊，其實倒不是我想要裝修成這個樣子，我這個駐京辦主任還兼著海川大廈的董事長，這間辦公室是海川大廈酒店管理方統一裝修的，我並沒有刻意為之。至於說民脂民膏，則更是談不上了，這家酒店是三方經營，其他兩方都是民資，海川駐京辦每年還從酒店經營中獲得不少的收益，所以我也沒有浪費公帑。」

鄭莉的父親說：「三方經營，其中一方是你的前岳父吧？」

傅華對鄭莉的父親知道自己的婚姻狀況並不感到驚訝，他跟趙婷的事早就是很多人的飯後談資了。

傅華攤了攤手，說：「看來叔叔你摸過我的底了，不過這些事小莉都知道的，她還是我前妻的好朋友呢。」

鄭莉的父親看了看傅華，不客氣地說：「我知道，我女兒是被你迷住了，所以你這小子才這麼淡定，說實話，我真是看不出你身上有什麼可以吸引人的地方？你是不是就會騙家裏有些背景的女孩子啊，趙凱的女兒被你騙了，所以他才出資幫你建了海川大廈；現在你又打算通過我女兒達到什麼目的啊？借助我們家老爺子的影響力幫你往上爬？還是希望找一個有錢的老婆，繼續幫你過以前那種通匯集團駙馬爺的富貴日子？」

傅華笑了，說：「我不知道叔叔對我的印象這麼惡劣啊，是啊，我以前是娶了一個有錢的老婆，過了一段富裕的日子，那段時間我也過得很愉快，但是不代表就是我騙了我的前妻。叔叔，你要摸我的底不是不可以，但是拜託您多下點功夫，瞭解一下我跟我前妻走到一起的真實過程，如果你瞭解那段過程，你就不會覺得是我騙了我前妻。同樣的，我也沒想從小莉那裏得到什麼，我這個人對生活的要求並不是很高，平常日子就很好；至於往上爬，不是跟你吹噓，我們市裏面的領導幾次說要給我升職，可是我還是選擇留在駐京辦這個位置上。」

鄭莉的父親聽了說：「這麼說，你還是一個很高尚的人啦，是我鄭堅誤會你了？」

傅華這才知道鄭莉父親的名字叫鄭堅，他笑了笑說：「我沒覺得我是一個高尚的人，我只是普通人，想過普通的日子而已。叔叔您也不用對我有這麼大的敵意，我會對小莉很好的，這我可以跟您保證。」

鄭堅笑了起來，說：「小子，別的方面我並不服你，但你對女人很有一手，這一點我還真是服你。」

傅華說：「叔叔您說笑了，我是真心喜歡小莉的，並不是對她用了什麼手段。」

鄭堅質問說：「你是不是也要跟我說，你對那個方蘇也是真心的？」

傅華愣了一下，看來鄭堅還真是下過功夫調查自己啊，竟然連方蘇也知道，不過傅華並不擔心這一點，徐筠是見過方蘇的，也明白方蘇跟自己究竟是一種什麼樣的關係，因此傅華並不擔心會引起鄭莉對自己的誤會。

傅華笑了，說：「我看叔叔您真是不能做特務，總是弄一些似是而非的事出來，還鄭重其事的很當回事，我都覺得好笑。」

這下換鄭堅愣住了，他本來是把方蘇當做對付傅華的一件致命武器的，他想，如果揭穿了傅華腳踏兩隻船的把戲，傅華也許就會退縮，不再去糾纏自己的女兒。沒想到他說出方蘇這個名字的時候，傅華竟然還笑得出來，還譏笑他搞錯了。

這可是大大出乎他的意料之外，難道自己調查到的消息真的是錯誤的嗎？可是明明回報來的資料說這個方蘇曾經公開宣稱她是傅華的女朋友啊，應該不會錯才對啊。

鄭堅有點拿不準了，他這時才意識到眼前這個小子似乎並不是想像中的那麼好鬥，起碼他並沒有被自己嚇住。這小子有兩把刷子啊，鄭堅開始重新審視起傅華來，心中也在想要如何出招來對付這個有些難纏的傢伙。

這時門敲響了，林東走了進來，後面帶著一個三十多歲穿著西裝的男子，林東說：「傅主任，馮氏集團的王助理來了。」

傅華連忙站了起來，迎了過去，說：「你好，王助理。」

王助理跟傅華握了握手，說：「你好，傅主任，我們馮董讓我把投資計畫書給你送過來。」說著，王助理把一份文件交給傅華，傅華接了過來，笑著說：「謝謝。」

傅華把文件大致看了一下，確定是關於對二甲苯的投資項目計畫書，便說：「王助理，坐一會兒，喝杯水吧。」

王助理客氣地說：「不用了，傅主任你這裏還有客人，文件已經送到，我來這裏的任務就算是完成了，就不打攪你們了。」

「那我送你。」傅華就把文件放到辦公桌上，送王助理離開了辦公室。

他把王助理送進電梯才回辦公室，一進辦公室，卻看到鄭堅正在翻看王助理送來的那份計畫書。鄭堅這是想幹什麼？竟然也不問一下就隨便翻閱他的文件，難道他對這份計畫書也感興趣？不會是他也想投資類似的項目吧，那他這種行為就有竊取商業機密的嫌疑了。

傅華臉色沉了下來，他之前因為鄭莉的關係，一再忍讓鄭堅，也因為鄭堅對他的發難都是私人方面的，尚在他可以接受的範圍內，可現在鄭堅的行為明顯涉及到了他的工作，這就超出他容忍的底線了。

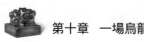

傅華冷冷的說：「叔叔，不經過主人的允許就翻看別人的文件，這種行為恐怕並不禮貌吧？」

鄭堅把文件放回桌上，說：「小子，你不會以為我對你的項目感興趣吧？」

傅華克制住怒氣，說：「叔叔，私人的事情，您如果想要責備我或教訓我，怎麼都可以，但這個項目是我們海川想要引進的，是公務，我希望你分清公私這個界限。」

傅華說這話是提醒鄭堅注意公私之間的分寸，鄭堅聽了，笑說：「小子，你要我公私分明是吧？好哇，那我就跟你談一談公事吧。」

傅華納悶地看了看鄭堅，鄭堅是為了鄭莉而來的，怎麼會扯上公事了呢？便說：「我們之間有什麼公事可談啊？」

鄭堅說：「有啊，就說一下你剛才拿到的這個對二甲苯項目吧。」

傅華不解地說：「這個對二甲苯項目怎麼了，不會是叔叔您對它也感興趣吧？」

鄭堅冷笑一聲：「我怎麼會對這種項目感興趣，小子，你大概還不太清楚對二甲苯是一種什麼東西吧？」

傅華說：「我怎麼會不知道對二甲苯是什麼呢，它是石油化工產物，是合成纖維滌綸的主要原料。」

鄭堅說：「你只知道這個嗎？它的毒性和有害性呢？」

傅華說：「我查了資料，說它是微毒，這種毒性可以在生產中控制的，對周邊的環境影響不大。」

鄭堅質問道：「對周邊的影響不大？誰跟你說的？對二甲苯是一種危險化合物和高致癌物，這你不知道嗎？小子，你是海川人吧？怎麼會把這種危險的項目引進海川呢？還是你明知是這樣，為了升官發財而故意視而不見呢？」

傅華震驚地說：「不會吧，網路上說這種化合物是微毒，沒有很大的危害；何況，我就是再不堪，也不至於為了一官半職禍害我自己的家鄉。」

鄭堅說：「那就是你們這些官員不學無術了，你知道嗎，國外這種工廠的設立是有嚴格規定的，要求最少要跟人群聚集區間隔一百公里以上才可以，海川是個人口密集的地方，你能夠在那裡找到遠離人群一百公里的地方嗎？」

傅華知道海川市是滿足不了這種條件的，海川的居民都聚集在海川的海岸線，而對二甲苯建廠的條件之一就是要在海邊，顯然海川無法提供這樣範圍的空曠地帶。

傅華看了看鄭堅，他心中的興奮感此刻被眼前這傢伙的幾句話搞得是蕩然無存啦，顯見他不是為了故意打擊自己而編造出這些，而且就算要編造，也不會說出這麼具體的數據來。

傅華問：「你怎麼對對二甲苯這麼熟悉啊？」

鄭堅說：「我是環保組織『綠鴿子』的發起人之一，我們曾經對國內幾家對二甲苯項目作過環保調查，對對二甲苯的情況再熟悉不過了。」

傅華知道綠鴿子組織是國內著名的民間環保組織之一，他開始相信鄭堅的話了，只是他對要放棄這麼大的項目還是心有不甘，便說：

「叔叔，你是不是有些誇大其詞了？你要知道，我能接觸這個項目是一位發改委的朋友介紹的，他告訴我，這個項目國家是鼓勵的。」

鄭堅瞟了傅華一眼，冷笑一聲說：「看樣子你是不想放棄這個能夠帶來政績的機會了，你們這些官員，升官發財比什麼都重要，根本就不考慮你們的行為會給我們的子孫及家園帶來什麼樣的危害。」

傅華不滿地說：「叔叔，請你說話客氣一點，我只是對此有疑問，並不是說要罔顧它可能帶來的危害，一定要把項目帶給海川。」

「好，那我告訴你這個項目到底會給海川帶來什麼樣的危害。」鄭堅說：「根據我剛才看到的計畫書，初步估算，一旦這個化工廠開始生產，每年將有大約七百噸的化學物質會洩漏到大氣中，哪怕採用的是世界上最好的生產設備，這七百噸的洩漏量也是無法控制的，因為具揮發性質，在生產的時候，不可能避免這種洩漏，這種化學物低劑量的長期暴露是相當危險的。除此之外，它洩漏後與一些不確定物質結合在一起產生的協同效應和加和效應，它們帶來的危害比單一化學物揮發要厲害得多。還有，這個項目每天大約要消耗五千噸左右的煤，這對海川空氣品質的影響也不容小視。這些危害對你來說是不是足夠了呢？」

傅華沒想到鄭堅在看過計畫書後，這麼短的時間內就能說出許多反對的根據，心裏對他也不由得暗暗豎起了大拇指。

鄭堅看傅華不說話，知道他還不能完全確信，便說：「你不要以為我這些都是空口說白話，回頭我會拿一些國際上對對二甲苯的資料給你看的。海川不單是你的家鄉，也是我的家鄉，我可不想因為你們這些混蛋把一個避暑勝地搞得昏天暗地的。」

傅華一聽鄭堅能提供有關的資料，就說：「叔叔，您能儘快把資料給我嗎？我需要趕快做出個決定，看是否還要把這個項目帶到海川去。」

鄭堅說：「那還不簡單，我家就在附近，你可以現在就跟我去拿，小子，敢去嗎？」

傅華笑笑說：「有什麼不敢的，您家又不是龍潭虎穴。」

鄭堅說：「那還等什麼，走吧。」

兩人就離開了傅華的辦公室。傅華上了鄭堅的車，讓鄭堅帶他回家取資料。

在車上，鄭堅問道：「小子，我剛才悶了好半天了，為什麼你不害怕我提出方蘇這個名字啊，我可是知道她公開宣稱是你的女朋友，難道小莉被你迷成這個樣子，連你腳踏兩隻船都可以接受嗎？」

傅華笑了，說：「不是我把小莉迷成這種程度，而是叔叔您的情報根本就是錯誤的，方蘇根本就不是我的女朋友。」

傅華就把自己和方蘇的事一一告訴了鄭堅。

鄭堅聽完，不由得罵了一句娘，說：「這個鬼縣長是沒遇到我，遇到我，我非讓他老老實實的去坐監。奶奶的，我花了大錢請私家偵探調查你，改天一定要去找他退錢，他給我的資料沒一份準確的，跟我說什麼你有女朋友了，原來你是英雄救美啊。誒，小子，既然美女愛上了你這個英雄，為什麼你不接受啊？」

傅華笑笑說：「一來是方蘇可能對我的感激成分勝於她喜歡我，我不想利用她對我的感激欺騙她，否則的話，我對她的幫助就有些居心不正了；二來，她比我小很多，我不太喜歡比我小那麼多的女生。」

鄭堅嘿嘿笑了起來，說：「小子，你不懂，女人還是小一點的比較好。」

說完，鄭堅忽然意識到在比自己矮一輩的傅華面前說這種話有些不太合適，趕忙看了一眼傅華，說：「小子，我警告你啊，這話可不要傳給小莉，否則她又不知道該怎麼怪我了。」

傅華笑了起來，他現在慢慢感覺到，鄭堅其實是個真性情的人，他小子小子的叫自己可能只是一種習慣，並不是故意要羞辱自己。

傅華說：「我不會的。誒，叔叔，我聽朋友說你是做天使投資（編按：即Angel investor，指提供創業資金以換取可轉換債券或所有權權益的富裕個人投資者。）的，怎麼又會發起什麼綠鴿子環保組織呢？」

鄭堅說：「綠鴿子是我回國之後發起的組織，因為我們幾個朋友覺得大家錢已經賺得差不多了，也該拿出點錢做一些回饋社會的公益活動，我在國外就是綠色和平組織的志願者，就宣導建立了這個綠鴿子組織。」

說話間，到了鄭堅的家。

鄭堅此時對傅華已經客氣了很多，說：「跟我上來吧。」

鄭堅的家並不是獨棟別墅，而是大樓中的一戶，開門之後，傅華見裏面並不豪華，只是普通的裝修，令人多少有點奇怪的是，格調有點粉色系，與鄭堅的年紀有點不合襯的年輕感。

不過，很快傅華就明白了為什麼鄭堅家會是這種粉色的裝修格調了。一個女人聽到開門聲從臥室裏走了出來。

傅華看到這個女人有點發愣，這個女人看來比鄭莉還年輕。傅華知道鄭堅是再婚的，沒想到鄭堅會選擇這樣一位年輕的女人重組家庭，他的年紀足可做她的父親了，這可是道地的老牛吃嫩草啊。

女人看著鄭堅，甜甜地笑問：「老公，這位是？」

鄭堅介紹說：「小莉的男朋友，傅華，海川市的駐京辦主任。這是我老婆周娟。」

周娟伸出手來，笑著說：「你好，傅先生。」

傅華也跟周娟握了握手，說：「你好。」傅華實在沒好意思喊出阿姨這個稱呼，雖然跟著鄭莉，他應該喊周娟阿姨的。

鄭堅在一旁說：「小子，叫聲阿姨你不吃虧的。」

傅華明白鄭堅這是變相在認可自己是鄭莉男友的身分，因此雖然心裏有些尷尬，還是叫了周娟一聲阿姨。

周娟笑笑說：「傅先生別聽我們家老鄭瞎指使，你隨便就好。」

鄭堅說：「我這可不是瞎指使，我讓他這麼稱呼你是給他面子呢。好啦，我跟這小子去書房談點事情，你給我們泡兩杯茶來。」

傅華尷尬的笑了笑，跟著鄭堅進了書房。書房裡又是一種格調，裏面放著一張黃花梨木的書桌，一把同質材的官帽椅，靠牆是一個古色古香的木櫃，擺放著不少書。整個書房有一種文人的雅致味道，與外面粉色系的風格截然不同。

傅華說：「叔叔這幾件黃花梨的家具價值不菲吧？」

鄭堅笑了，說：「算你小子有眼光，這三樣東西可是明朝的古物，是我費了很大勁才淘換來的。我喜歡明代傢俱的簡潔明快，線條優美，給人一種輕盈的感覺。」

傅華說：「確實是，給人一種很濃厚的文人氣息，很適合做書房擺設。」

鄭堅高興地說：「這一點我們的眼光倒是一致。好了，我把資料拿給你看。」

鄭堅就拿出了幾份有關對二甲苯的資料，都是一些權威學術雜誌上發表的文章，有的還是英文雜誌，傅華在鄭堅的解說下才能大致看得懂。不過這些已經夠讓傅華確信，對二甲苯的確對環境是有很大的危害。

鄭堅看傅華放下了資料，問道：「現在這些資料你也看了，你是怎麼個打算？」

傅華苦笑了一下，說：「還能怎麼打算？只能放棄了。」

鄭堅質疑說：「你捨得嗎？這個項目如果建成，可是能給你們市帶來幾百億的經濟效益，對你來說可是很大的一個政績啊。」

傅華說：「叔叔不要把做官的人都看得那麼不堪，好像我們除了績效之外就沒別的了。海川是我的家鄉，我絕對不會拿這麼危險的東西去禍害它的。幸好這件事我還沒有跟市政府彙報，可以在一切都還沒開始的時候結束它。」

鄭堅不以為然地說：「小子，你是不是把事情想得太簡單了？你這個項目起碼駐京辦內部的人都知道了，尤其是那個姓林的人，我看他就對這個項目很感興趣，你就不怕他會把情況跟市裏面彙報嗎？」

傅華心裏也是叫苦，讓林東知道這個項目是一個失著，原本他以為這個項目鐵定會跟市裏面彙報，因此不怕林東知情，現在他不想跟市裏面說這件事了，林東知道就有些不妙了，肯定林東會跟市裏面的領導彙報這件事情的。

這麼大的項目就這麼放棄，必需要跟市裏面做些解釋，不然的話，市裏面的領導肯定會無法接受的。

傅華看了看鄭堅，說：「叔叔，你提醒的很好，我要做一些準備工作，你這些資料能不能給我一份，這樣必要的時候，我可以拿這些跟市裏面的領導解釋我這麼做的原因。」

鄭堅說：「小子，你真的不接這個項目了？」

傅華笑了，說：「這不是叔叔你費了半天口舌要說服我的嗎？」

鄭堅說：「你可要想清楚後果，你放棄這麼大的項目，可能不會受你們市裏面領導的歡迎啊？你不要只是為了討我歡心就貿然地做出這個決定，那樣的話我也會看不起你的。」

「我知道我在做什麼。再說，我也沒必要去討你的歡心啊，我和小莉的事你攪不散的，我根本就不怕你。」傅華很有信心地說。

鄭堅聽了笑說：「嘿嘿，小子，你就那麼篤定我在小莉那裏一點影響力都沒有？」

傅華搖搖頭，笑著說：「你如果在小莉那裏有影響力，你知道了方蘇的事情，就會直接跟小莉說，而沒必要來找我了。」

鄭堅瞪了傅華一眼，說：「算你小子聰明，小莉警告過我不要去干涉她的生活，我還怎麼敢去跟她說這件事情，那樣的話，就算是真的，她也會把矛頭都針對我，反而會放過真正犯錯誤的你。」

傅華叫屈說：「誒，我可沒犯錯啊，你別瞎說。」

鄭堅說：「小子，不管怎麼說，你跟這個方蘇都有些曖昧不清，你對她沒意思，她對你可是有意思的，你這樣含糊下去，大家都不好受，你最好趕緊跟她說清楚，別到時候惹到小莉，那時候你就不好交代了。」

傅華說：「你放心，這件事情我會處理好的。」

鄭堅說：「我可告訴你，如果你讓小莉受了什麼委屈，我是不會放過你的。這些資料你可以帶走，之後若是想搜集這方面的資料，你還可以來找我，我會幫你的。」

傅華就把資料收了起來，說：「那謝謝你了，我回去了。」

「留下來吃午飯吧，你阿姨做飯的手藝還不錯。」鄭堅挽留說。

傅華總覺得跟周娟這樣年輕的女人坐在一起很彆扭，便推辭說：「還是算了吧，就不麻煩了。」

鄭堅說：「我知道你心裏在想什麼，叫一個比你還年輕的人為阿姨有些彆扭是吧，不過，她既然嫁給了我，就是小莉的長輩，你叫她一聲阿姨，辱沒不了你。我希望你不要用有色的眼光來看她，其實她是一個很好的女人，對我很好，今後如果你和小莉真的結婚了，我希望你們倆都要尊重她。」

傅華聽得出來鄭堅對周娟的維護，便點點頭說：「我知道了，叔叔，我要回去了。」

鄭堅就送傅華離開，周娟也出來送他，說：「傅先生，知道地方了，有時間就和小莉常來吃頓飯什麼，老鄭實際上很想常能大家一起聚一聚的。」

傅華點點頭，說：「好的，請回吧，阿姨。」

傅華回到駐京辦，剛進辦公室，羅雨就找了過來，說：「傅主任，穆廣副市長剛才打電話來，詢問了一些駐京辦的情況，然後讓你回來給他去個電話。」

傅華愣了一下，穆廣突然打電話來不知道有什麼事？他看了一眼羅雨，問道：「穆副市長都問了些什麼啊？」

羅雨說：「也沒問什麼，只是問一些駐京辦的日常工作情況，問我們有沒有接洽到什麼好的招商項目？我就跟他說你最近在接洽一個很大的項目……」

「什麼，你跟穆副市長說了對二甲苯項目了？」傅華驚詫的問。

羅雨點點頭，說：「我說你在搜集資料，準備將這個項目引進到海川，穆副市長似乎很感興趣，這才讓你給他回電話的。」

傅華說：「你這個小羅啊，我們還沒做好相關的前期工作，你怎麼就把事情給說出去了呢？這個項目是有問題的，你這樣讓我怎麼跟穆副市長說呢？」

羅雨摸摸頭說：「不好意思啊，傅主任，我覺得穆副市長似乎是知道了什麼，才故意打電話來問情況的。再是，我們這段時間一直沒有什麼拿得出手的成績，我就想說拿這個項目說說，也表示我們駐京辦一直在忙招商工作。」

傅華猜想一定是林東把消息透露給穆廣的，不然穆廣也不會這麼巧趕在這個時間點上打電話來問什麼駐京辦的工作情況。顯然這個對二甲苯項目不太可能在駐京辦畫上句號了。

傅華很頭大，他知道七百億的GDP對市裏面的領導意味著什麼，意味著政績，意味著升遷，意味著更多美好的東西。他們可能因為環保的緣故抵擋住這些誘惑嗎？說實話，傅華心裏一點底都沒有。

傅華只好對羅雨說：「好啦，小羅，這不怪你，是有人跟穆廣副市長透露了消息。你出去吧，我來跟穆副市長解釋這件事情。」

羅雨就出去了，傅華撥通了穆廣的電話。穆廣接通後，說：「傅主任，我聽說你們駐京辦接洽到了一個很大的項目，不錯啊。」

傅華苦笑了一下，說：「穆副市長，你倒是消息靈通啊。」

穆廣說：「這是一件好事啊，說明你們駐京辦工作出了成績了，我知道了也沒什麼吧？」

傅華說：「不是的，這件事情我們還沒最後敲定，還在做搜集資料的工作，所以還沒跟市裏面的領導們彙報。」

穆廣愣了一下，說：「還沒最後敲定，是有什麼問題嗎？」

傅華解釋說：「根據我們瞭解到的情況，這個項目有很高的污染性，似乎不適合引進到海川去。」

穆廣訝異地說：「怎麼會，我查過《外商投資產業指導目錄》，國家對這一類的外商投資是持鼓勵的態度，又怎麼會不適合引進到海川來呢？」

穆廣竟然這麼熱衷，連《外商投資產業指導目錄》都查過，顯見他對這個項目興趣很濃厚，看來林東已經把情況都彙報給了穆廣，穆廣一定是被項目每年可以帶來七百億的GDP給吸引住了，因此才會這麼積極。

傅華說：「穆副市長，有些情況你還不知道。」傅華就把從鄭堅那裏學到關於對二甲苯危害的知識全部照搬給穆廣，然後說：

「我們海川市一貫不是都主張要引進高科技環保的優質項目嗎？這個項目雖然每年產值可以達到七百多億，但是並不適合海川長遠的發展，因此我認為不應該把這個項目引進海川。」

但是，馬上傅華就知道自己說這麼多是白費口舌了，穆廣並不在意這個，他驚叫了一聲：「每年產值七百多億？這個項目這麼高效啊？」

傅華知道自己失言了，穆廣原來還不知道這個項目建成後，每年的產值可以達到七百多億，這顯然又增加了誘惑的砝碼，讓穆廣更傾向於接受這個項目。

傅華心中暗罵自己笨，他知道這時要說服穆廣怕是很難了，不過他還不想放棄，便苦笑了一下，說：「穆副市長，關鍵不在於這個項目能帶來多少效益，而是在於它的污染性和危險性，這是一種高爆的化合物，我們海川人口密集，如果建成，就等於把一顆原子彈放在海川市民的身邊，這些都是必須要考慮的，所以我認為我們應該拒絕這個項目。」

穆廣笑了笑說：「傅主任，你這個觀點就是錯誤的了，這種產品既然能夠形成產業規模，就說明是有措施避免這些危險的。再說，引不引進這個項目，不是你能決定的，我要馬上跟金市長彙報，就算要否決，也應該是由市政府來否決，是吧？」

傅華急說：「穆副市長，你不能這樣啊！」

穆廣有些不耐煩地說：「傅主任，你別忘了自己的身分，這種事你本來就沒有決定權，你還想怎麼樣啊？我警告你啊，在市裏面沒作出什麼決定前，你不准去跟那個客商胡說什麼。好啦，市裏面會全面權衡的。」

傅華叫說：「穆副市長……」

穆廣卻沒給傅華說下去的機會，啪地一聲扣了電話。

傅華氣得也將電話摔到了桌子上，這算什麼啊？穆廣一聽說項目能帶來這麼大的效益，馬上就什麼都不顧了，他就沒想到要給海川市民保留一個清新沒有污染的環境嗎？這個急功近利的傢伙，想的只有他的政績，根本就不顧市民們的死活。

傅華煩躁的在辦公室裏轉來轉去，現在的關鍵是，金達對這件事是怎麼樣的一個態度？是接受呢，還是反對？

傅華猶豫著是否要打電話跟金達彙報這件事情，要是彙報的話，又要持一種什麼樣的態度彙報呢？想了半天，傅華還是撥通了金達的電話，他覺得還是事先跟金達講一下這件事情比較好，金達是一個理論性很強的領導，也許他能接受自己的觀點。

電話打了過去，是金達的秘書接的，說穆廣副市長正在跟金市長彙報工作，現在不能接電話。顯然穆廣是在跟金達彙報這個項目的事。

這傢伙動作好快啊，他肯定想先入為主，不給自己先跟金達彙報的機會。傅華沮喪的放下了電話。這個項目昨天還讓他興奮不已，僅僅過了一天，整件事就來了個大逆轉，老天爺跟自己開的這個玩笑也太大了吧？

下午，傅華接到金達打來的電話，金達高興地說：「傅華，你果然沒令我失望，穆廣同志已經跟我彙報了你接洽到的這個對二甲苯項目，很好啊。」

傅華苦笑了一下，說：「金市長，不知道穆副市長有沒有跟您講過，這個對二甲苯對環境的危害是很大的？」

金達笑了笑說：「穆廣同志跟我說了，他還表揚你，說你不但找到好的項目，還考慮到項目可能危及我們海川的環境，你能這麼考慮是對的，我們不但要發展經濟，還要給予孫後代留下一個優良的環境。」

金達這麼說，讓傅華有些詫異，環境保護和對二甲苯項目是相互衝突的，金達說要發展經濟，又說要保護好環境，難道他有一個一舉兩得的辦法？

傅華問道：「那金市長你的意思是？」

金達說：「我的意思很簡單，這麼優質的項目，我們海川一定要想辦法爭取到，同時，我們也一定要求投資商加強環保措施，務求達到對環境的零污染。」

原來是這樣，傅華心裏暗自叫苦，他不清楚金達是真的不知道還是故意裝糊塗，化工類的產品生產，即使環保措施再到位，也是無法做到零污染的，這個傅華也跟穆廣說過了，可現在金達這麼說，顯然是不了解事情的嚴重性。

傅華琢磨不透金達，就含糊地說：「金市長，您是不是再全面地瞭解一下這個項目各方面的情況，然後再決定是否要接受這個項目？」

金達立即說：「那怎麼行，這樣的優質項目哪還會等我們考慮再三？時機稍縱即逝，如果我們不抓緊，可能這個項目就變成別人的啦。剛才我們召集了一個緊急會議研究這件事情，會議上，大家一致認為應該馬上就行動，儘快跟馮氏集團接洽，爭取讓馮董儘快到我們海川來考察。」

傅華越發叫苦不迭，看來金達對這個項目太熱衷，導致他對它的危害視而不見了，他說：「你們已經研究過這件事情了？」

金達說：「對啊，我們不但研究過，還決定高度重視這件事情，為了向馮氏集團顯示我們海川市政府的誠意，市裏面決定派出穆廣同志到北京跟馮氏集團接洽，穆廣同志明天一早就會飛北京。傅華，這次你可一定要配合好穆廣同志，安排好他和馮氏集團的會晤，這是當下你最重要的工作，你要當成一項高度的政治任務來完成，知道嗎？」

傅華明白到這時候再說什麼都沒用的，既然事情已經經過市政府的會議研究過，他這個小小的駐京辦主任並沒有權力推翻市政府的決議，而且他是市政府的一員，他有義務遵守這項決議。

傅華苦笑著說：「我知道了。」

金達又說：「好啦，傅華，你這次做得很好，很值得表揚。這個功勞是你的，別人爭不走的，如果這次項目能順利落戶海川，市政府會給你和駐京辦請功的。」

傅華沮喪地說：「請功就算了吧，我並不覺得引進這個項目是為海川做了一件好事。」

金達聽了很不高興，他很清楚傅華對這個項目的態度，穆廣早已把傅華持反對意見的態度彙報給金達，金達當時就不很高興，他的想法跟穆廣是一致的，都認為這是一個難得的好機會，都覺得傅華不想引進這個項目很不應該。同時金達認為，就算要拒絕，也輪不到傅華來拒絕。

傅華這種行徑，本身就有越權的嫌疑，是對市政府權威的一種冒犯。因此金達對傅華在這件事情上的做法，心裏很不滿。

不過項目總是傅華聯絡上的，金達不想在這個時候批評傅華，因此他的話儘量說得很委婉，甚至穆廣在他面前對傅華百般批評，他也變成了表揚的話；他對傅華這麼客氣，就是想籠絡住傅華，讓他配合市政府把案子拿下。

現在傅華的態度明顯不積極，金達再也難以容忍下去了，他不耐煩地說：

「傅華，你這是什麼態度啊？什麼叫不是做了一件好事啊？這個項目能給我們海川帶來多大的收益你知道嗎？稅收、就業，哪一方面不對我們海川有利？有了這個項目，我們海川市的經濟就可以更上一個臺階。我警告你啊，你最好積極配合穆廣同志把項目給我引進海川來，否則，如果因為你的不積極導致馮氏集團不選擇我們海川，我會讓你對此負責的。」

金達這麼嚴厲，使傅華不敢再發什麼牢騷，只好說：「我會配合好穆副市長的。」

金達沒再說什麼就掛了電話，留下傅華自己一個人在辦公室裏苦笑。

傅華心中有一種厭倦的感覺，自己做這個芝麻點大小的官有什麼意義啊？他越來越無法從這個職務中得到快樂了。

金達也讓他很失望，當初他之所以想盡辦法幫助金達重新站起來，是因為他看金達這個人有原則，有理想，現在金達在官場上獲得了他的一席之地，可是他的原則、他的理想卻全都不見了，更多表現出來的是時下官員們身上的那種急功近利。傅華甚至認為現在的金達和當初的徐正很像。這讓傅華很失望。

下班的時候，鄭莉打來電話，說：「傅華，晚上一起吃飯吧？」

傅華聽到鄭莉的聲音，心情好了一點，心想，就算自己在這裏鬱悶到不行，金達和穆廣還是會把對二甲苯引進海川，不如先放鬆一下心情，然後再來想辦法解決問題，就笑著答應了。

兩人找了一個乾淨的小餐館，坐下來點了菜和啤酒。

鄭莉給傅華倒啤酒的時候，說：「傅華，不錯啊，你竟然登堂入室，跑到我父親家裏去了。」

傅華笑說：「你父親告訴你了？」

鄭莉說：「不是我父親，是我那個阿姨，她打電話說我父親帶你回家了，說你挺好的，是個帥哥，她很高興我找到這樣一個男朋友。」

傅華不自在地說：「小莉，我沒想到你阿姨這麼年輕，你父親硬要我叫她阿姨，我心裏還真是有些彆扭。」

鄭莉笑了，說：「是啊，不但你彆扭，我也彆扭啊，當初我爸領她回來時，我都傻眼了，心說他要娶一個比我還年輕的女人給我做繼母，這算怎麼回事啊？不過時間長了也就習慣了，只要我父親喜歡就好，我不喜歡可以少回去嘛。我聽她說，你跟我父親處得還不錯，怎麼回事啊？我父親原本不是看你不順眼嗎？」

傅華笑了笑說：「說來好笑，你父親原本以為自己抓到了我的把柄，專程跑到我辦公室去興師問罪的，沒想到情報錯誤，他就失去了指責我的立場了。」

鄭莉問道：「把柄？什麼把柄啊？」

傅華說：「我正想跟你說這件事呢，這完全是一場烏龍，前段時間我幫了一個女孩子忙，這個女孩子可能因為感激，對我有了好感，就在駐京辦聲稱是我的女朋友，這個情況就被你父親知道了，他以為我腳踏兩隻船，就來找我質問了。」

鄭莉有些懷疑的看了看傅華，說：「誒，你說清楚，怎麼又冒出來一個女孩子？什麼樣的一個女孩？我怎麼沒聽你說過？」

傅華笑說：「不會吧？你吃醋了？這個女孩筠姐也見過的，她沒跟你說過嗎？」

鄭莉說：「筠姐沒告訴我，你快老實交代，究竟是怎麼回事？」

傅華就講了他跟方蘇相識的過程，鄭莉聽完，打趣說：「挺可憐的一個女孩子啊，一個人在北京多孤單啊，你怎麼不多憐香惜玉一些呢？」

傅華故意說：「你這麼說，是不是允許我左擁右抱，兩美兼收了？」

鄭莉伸手扭了傅華胳膊一下，笑罵道：「你想得美。誒，你這麼說倒引起我的好奇心了，這位方小姐這時候大概還沒吃飯呢，約出來讓我看看吧，我想看看我的男朋友又迷住了什麼樣的女孩子。」

傅華愣了一下，心說這兩人碰到一起，不知道會是什麼樣子，可別鬧起來啊，就說：「這個不好吧？」

鄭莉說：「怎麼不好，該不是你心中有鬼吧？」

傅華聽了說：「我心中有什麼鬼？我這就打電話約她。」

傅華就打電話給方蘇，約她出來吃飯，說要介紹一個朋友給她認識。方蘇答應了，過了半個小時便到了。

鄭莉從窗外看到一個漂亮的女人從計程車上下來，女人似乎很看重這次約會，不但打扮得很入時，下車之後，還照了照鏡子檢查自己的儀容，便猜到這可能是方蘇了，便對傅華說：「你的小情人來了。」

傅華這時也看到了方蘇，笑著說：「就是老鄉而已。」

這時方蘇走進餐館，傅華向她招了招手，方蘇看到傅華旁邊的鄭莉，愣了一下，有點疑惑的走了過來，心中一邊猜測著傅華身邊女人的身分。

傅華看方蘇走了過來，站起來說：「方蘇啊，我給你介紹，這位是鄭莉，我的女朋友。」

方蘇的臉立即僵了一下，原本她對傅華還存著一份幻想，以為只要給她時間，傅華肯定會愛上她的，沒想到傅華根本就不給她這個機會。

不過，方蘇的反應也很快，很快就恢復了正常，說：「你好，鄭姐。」

鄭莉跟方蘇打招呼說：「你好，你的事傅華都跟我說了，你一個人在北京也挺辛苦的，今天我們認識就是朋友了，你一個人悶的話，也可以找我一起出來逛逛街、聊聊天什麼的。」

方蘇點點頭，說：「那我在北京就又多了一個朋友了。」

三人就坐了下來。女人湊到一起，就有女人的話題，兩人就聊起衣服髮型之類的話題來了，這些話題傅華也插不進去，反而被晾在了一邊。

傅華在一旁看兩人聊得很熱絡，心中也對鄭莉也有些佩服，鄭莉不愧是大戶人家出來的女孩子，這種容人之量不是一般女人所能有的。

吃完飯後，傅華和鄭莉先把方蘇送了回去，方蘇下車之後，鄭莉把頭靠在傅華的肩膀上，感慨地說：「傅華，幸好你對女人的嗜好跟我父親不一樣，不然的話，我還真不是這個年輕貌美的小妹妹的對手。」

傅華笑笑說：「誒，誰說我對女人的嗜好跟你父親不一樣啊，男人都是一樣的，只是你在我眼中不單是年輕貌美，更有一份女人的優雅和自信。」

鄭莉輕輕地扭了一下傅華的嘴，甜蜜地說：「你現在嘴甜得很啊，油腔滑調的，難怪我父親也能被你哄得高高興興的。對了，剛才光顧著說方蘇了，還沒問你我父親後來為什麼請你去他家呢？」

鄭莉的問話讓傅華的情緒一下子沉了下去，這時他突然想到，他已經答應過鄭堅不把對二甲苯項目帶到海川，現在事情突變，他要如何跟鄭堅交代這件事情呢。

傅華撓了撓頭，苦惱的說：「這件事情說起來就頭大了，我現在還不知道如何跟你父親交代呢。」

鄭莉愣了一下，問傅華說：「怎麼了，是不是他逼著你辦什麼事了？」

傅華把事情的來龍去脈說了一遍：「你看，我都答應你父親了，現在因為形勢變化無法做到，他一定會認為我是個言而無信的小人了。」

鄭莉笑了，說：「我還以為是什麼事呢，就這件事情啊，你現在也是情非得已，你把情況跟我父親解釋一下，我想他會諒解你的。」

傅華想想也只好這麼辦了，就撥電話給鄭堅，說明了下午發生的事，然後歉意地說：「不好意思啊，叔叔，我原來答應你的事情做不到了。」

「你現在在哪裡？」鄭堅問。

傅華說：「我剛跟小莉吃完飯，正要送她回去呢。」

鄭堅說：「時間還早，不要急著回去，你帶她過來我這裏坐一下吧，我還想跟你談一談項目的事情。」

傅華看了看鄭莉，問道：「叔叔讓我們過去，你去不去？」

鄭莉知道現在傅華遇到了難處，也想陪他一起想辦法，就說：「我陪你去。」

請續看《官商鬥法》十六 致命武器

官商鬥法 十五 假鳳虛凰

作者：姜遠方
發行人：陳曉林
出版所：風雲時代出版股份有限公司
地址：105台北市民生東路五段178號7樓之3
風雲書網：http://www.eastbooks.com.tw
官方部落格：http://eastbooks.pixnet.net/blog
Facebook：http://www.facebook.com/h7560949
信箱：h7560949@ms15.hinet.net
郵撥帳號：12043291
服務專線：(02)27560949
傳真專線：(02)27653799
執行主編：朱墨菲
美術編輯：風雲時代編輯小組

法律顧問：永然法律事務所 李永然律師
北辰著作權事務所 蕭雄淋律師

版權授權：蔡雷平
初版日期：2015年12月
初版二刷：2015年12月20日
ISBN：978-986-352-235-5

總經銷：成信文化事業股份有限公司
地　址：新北市新店區中正路四維巷二弄2號4樓
電　話：(02)2219-2080

行政院新聞局局版台業字第3595號 營利事業統一編號22759935

定價：280元　特惠價：199元

國家圖書館出版品預行編目資料

官商鬥法／姜遠方 著. -- 初版. -- 臺北市：
風雲時代，2015.01 -- 冊；公分

ISBN 978-986-352-235-5（第15冊；平裝）

857.7　　104011822